NOMAD GIRL BRIDE
Story by Emoto Mashimesa
Illustration by Mutsuki Munku
Shufu to Seikatsu sha

CONTENTS

遊牧少女を
花嫁に

序章　草原に生きる者達は、強かに困難を乗り越える

どこまでも続く草原には、複数の遊牧民が暮らしている。

移動は夏秋冬の三回。

夏営地《ヤイラ》では、家畜の繁殖、出産を手伝い、
秋営地《ギュズレ》では、冬に備えて保存食を作り、
冬営地《クシュラ》では、じっくり織物《キリム》を織る。

遊牧民の暮らしは忙しい。

羊の毛を刈って紡いで糸にし、草木で色を染めて絨毯《じゅうたん》を作り、家畜の子育ての時季は乳を搾って乳製品作りを行う。夏季の繁殖期には活動しやすい夜に放牧させるなど、一年を通して休む暇はない。

ただ、彼らの生活は、外から見る分は穏やかである。

家畜――羊や山羊《やぎ》、牛、駱駝《らくだ》などの牧草や水を求めて、草原を行ったり来たり。

草食動物がのんびりと草を食《は》み、遊牧民の女達が手仕事をしながら家畜を見守る様子は牧歌的な風景だ。

そんな遊牧生活は、平和なだけではない。

他国より侵略してくる者が遊牧民を襲撃し、強奪と支配を繰り返していた。

侵略者は馬術に優れ、軍事能力が高かった。襲われた遊牧民は一晩で壊滅し、財産である家畜

と女達を奪われてしまうのだ。

しかし、遊牧民はやられっぱなしではなかった。

遡《さかのぼ》ること百年前、妻と子を奪われた一人の男が、『ユルドゥス』という新たな一族を立ち上げる。

草原で起こる悲劇は、異国からの侵略者による遊牧民への襲撃だけではない。

侵略者同士の諍《いさか》いも多かった。

ユルドゥスは草原で起こる争いの場に現れ、紛争を解決してきたが、侵略者の圧倒的な数を前に、次第に劣勢となった。だが、ある日奇跡が起こった。蛮行を繰り返す侵略者の一族に、風の大精霊の力が襲いくる。

ユルドゥスの者達に、強い風の力が顕《あらわ》れるようになったのだ。

風の大精霊の祝福に応えるように、ユルドゥスの者は対立する者達の間に割って入って仲裁することを繰り返した。

草原で戦争が起こるたびに、対立する者達の間に強い風が流れることがある。それは、ユルドゥスの者達が戦場にやって来る合図だ。

彼らは時に嵐のような力を揮《ふる》い、争いを収めていた。

草原に住む者達は、ユルドゥスの者達を『調停者』と呼ぶ。遊牧民達はユルドゥスを崇《あが》め、侵略者達の脅威となっていた。

今日も、調停者は草原で馬を駆る。

戦火の煙が立ち上る場所へと。

第一章　調停者達

――人は、何度も何度も争いを繰り返す。それが、愚かなことだと知っていても。

今日も、草原で炎と煙が上がる。風に混ざるのは血の臭いと、絹を裂くような悲鳴と、誰かの深い嘆き。移動式の家屋は破壊され、一族が代々の宝としている貴金属も余すことなく奪われる。男と年老いた者は殺し、女子どもと家畜は一か所に集め、自らの財産としていた。羊はベエベエと鳴きながら、迫り来る馬から逃げる。狼を追い払う勇敢な牧羊犬も、人の操る武器には敵《かな》わない。

平和だった遊牧民の一族を襲ったのは、他国からやって来た侵略者だ。

彼らは容赦なんかしない。

ある中年の男は、迫りくる火から逃げるように少女を抱えて馬に跨《また》がり駆けていた。男は頭部に布を巻き、少女のほうは頭全体を覆う薄布を被《かぶ》って手で押さえるばかりである。

彼らは、胸の前で襟を重ね合わせ腰部分に布を巻く民族衣装を纏《まと》っていた。

白い糸で羊を模した幾何学模様が織り込まれている、華やかな布地だ。それは、羊飼《チョバン》いで生計を立てるハルトス独自の模様である。

ハルトスとは、争いを避けるようにひっそりと暮らしている一族である。

しかしなぜか、彼らはハルトスが暮らす山岳地帯ではなく草原を走っていた。

中年の男は顔を歪《ゆが》ませながら叫んだ。

「クソッ――走れ、走れ、走れ、走れ!!」

中年男は馬の腹を渾身《こんしん》の力で蹴り、草原を走らせる。

同乗する少女は、絶望からか無表情となっている。何もかも、諦めているようだった。

侵略者は追ってきていない。しかし、炎がすぐ背後から迫っていたのだ。

乾いた草原の草木はよく燃える。

牧草となる草を求めてこの地へとやって来たのに、侵略者に襲われ、家畜の食料となる牧草も燃えてしまった。まったくもって皮肉な話である。

しかし、中年男は諦めていなかった。その執念が、功を奏した。

「はあ、はあ、はあ……や、やったぞ！　に、逃げられた……！」

侵略者の目を盗んで逃亡に成功し、炎の手から逃れることに成功したのだ。

振り返った先で、地平線に沈む太陽のように炎がゆらゆらと上がっているのが見える。

だが、その勢いも衰え、鎮火寸前に見えた。

自らの運の良さに、震える。

中年男はついていた。

財産も、家畜も、家さえも失ってしまったが、少女は生きていた。

少女さえいたら、この先もなんとか生きていける。

彼女は希望の星であった。

「ああ、よかった。本当に、よかった」

「……」

しかし、少女の目は、虚《うつ》ろなままだ。と、ここで、前方より一騎の馬が近づいてくる。

「――な、なん、だと!?」

馬に跨っているのは、浅黒い肌に金色の髪を持つ男。

相手はゆっくり、ゆっくりと並足で近づいていた。その足取りはまるで、狩りで子兎《こうさぎ》を追い詰める狼《おおかみ》のごとく。一歩、一歩と、余裕綽々《しゃくしゃく》で接近している。

「お、おい。戻れ、戻るんだ!」

中年男は手綱を操りながら馬に命じるが、微動だにしない。先ほどの全力疾走で、馬を潰してしまったようだ。どれだけ腹を蹴っても、鞭《むち》で尻を叩《たた》こうとも、動かなかった。

そうこうしているうちに、男が目の前にやってくる。彼が跨る黒い馬は、見たことがないくらい大きかった。筋骨隆々で、鬣《たてがみ》は絹のようにサラサラと靡《なび》き、毛並みは太陽の光に反射してピカピカと輝いている。

男のほうは、二十歳前後位に見える精悍《せいかん》な顔立ちをしている。金の髪を短く切り揃《そろ》え、陽《ひ》に焼けた褐色の肌は鍛えぬいた者の証のようだった。

表情は、穏やかなものではない。

翠《みどり》の瞳を持つ目は吊《つ》り上がっており、口元は歪んでいた。鍛えぬいた体軀に弓矢を背負い、腰には立派な剣を携えている。腰部分をベルトで締めた上下繫《つな》がった詰襟の服にズボンを合わせる恰好《かっこう》は、この辺りではあまり見ない。

青年の髪と肌色、そしてその服装で、一目で侵略者の若い衆だということがわかった。ジロリと射貫《いぬ》くような視線を受けた中年男性は、少女共々馬から下りる。

そしてすぐさま、平伏《ひれふ》した。ぼんやりしていた少女の頭も、中年男はぐっと押さえつけて額を地面につかせる。

「ど、どうか、命だけはお助けを!!」

「は？」

侵略者の青年より、呆《あき》れたような声が返される。

「わたくしめの全財産を差し上げます。この娘を！」

「お前、何を言っているんだ？」

「この赤毛に、青い目は非常に珍しいでしょう！　価値のある娘です！」

中年男は少女の頭を摑《つか》み、頭から被っていた薄布を強く引っ張る。

侵略者の青年に少女の顔を見せた。まだ、幼さを残した顔立ちをしている。

太陽のように温かみのある赤髪だと説明したものの、灰を被っているので薄汚れていた。

腰までの長い髪は、結ばずに垂らしている。胸の前で布を重ねて着る民族衣装は、煤《すす》で薄汚れていた。肌も汚れ、美醜は判断できない。

だが、青い目だけは、美しいまま在《あ》った。中年男は少女の瞳が綺麗だということを、強調している。

侵略者の青年と少女は、しばし見つめ合う。二人の間に流れる時は、止まったように見えた。

それを機と思ったのか、中年男は馬に乗って腹を思いっきり蹴った。すると、今度こそ馬が走り出す。侵略者の青年と少女に背を向けた状態で、中年男は叫んだ。

「どうぞ、その娘はご自由に！　煮るなり焼くなりしてください！」

走り去る中年男を、少女は一瞥《いちべつ》もしない。ただただ虚ろな目で、地面を見下ろしていた。

「おい」

「……」

「おい！」

瞬く間に、中年男は走り去った。


少女はハッと、顔を上げる。青年は馬から下りて、去りゆく中年男と馬を指差した。

「お前の親父、妙な勘違いをしているが、いいのか？」

その問いかけに、少女はゆるゆると首を横に振った。

「何が違うんだよ。あれは、俺に命乞いをしていたんだ。お前の身柄と交換に。まったく、何と勘違いしたのやら。それにしても、自分の娘を差し出して自分は逃げるなんて、おかしいんじゃないのか？」

話をする青年を、少女はじっと見上げるばかり。イマイチ、反応が薄かった。

あまりにも見つめてくるので、青年は顔を背ける。目も合わせないまま、話しかけてきた。

「今から俺の馬で追えば、追いつくが？」

しかし、少女は首をゆっくりと振る。

「おい、なんなんだ？　さっきから首を振ってばかりで。はっきり言え」

「父親、じゃない」

「ん？」

少女は蚊の鳴くような、小さな声で囁《ささや》く。青年は顔を顰《しか》め、姿勢を低くして耳を傾けた。

少女は青年に近付き、耳元でそっと呟《つぶや》く。

「あの人は、父親じゃない」

その一言で、勘の良い青年は気づく。

「お前、誘拐されていたのか？」

まさかの事実にぎょっとした青年が顔を正面に向けると、少女の唇と触れ合いそうなほどに距離が近かった。青年は慌てて距離を取る。

「もう一度聞く。お前は、あの男に誘拐されていたんだな？」

その問いかけに、少女は顔を伏せる。それは、肯定を意味しているようだ。

父親ではない男と行動する少女がワケアリなのは、明らかだった。

「なるほどな。あいつは、お前を見捨てたわけだ」

――同族を見捨てる者には制裁を。

青年はそんなことを呟き、背に回していた弓矢を手に取って照準を去りゆく中年男に合わせる。

すると、少女の目の色は変わった。青年に縋《すが》りつき、止《や》めるように懇願する。

「ダメ。あれは、叔父、だから」

苦しげな、絞り出すような声であった。

「どういう、ことなんだ？　あいつは、誘拐犯なのだろう？」

「……」

少女は否定しない。

「今、こいつで走ったら、追いつくが……？」

少女は首を横に振る。中年男のもとに戻りたくもないようだった。誘拐犯であるし、叔父でもある。それだけの情報では、どういうことなのかわからない。

「まず、名を聞かせてもらおうか」

「……ハルトスの、アユ」

「ハルトスって、ああ。羊飼いの遊牧民か」

アユという名の少女は、頷《うなず》きもせずにじっと青年を見る。これが、彼女の肯定の意なのだ。

「なるほど、ハルトスか」

言われてみたら、アユの着ている服は、標高の高い草原を遊牧するハルトスの厚いフェルトを使った装いである。

ハルトスが育てた羊毛は、高級品として草原の民の間でも有名だった。

「俺は、ユルドゥスの族長メーレの息子、リュザール・エヴ・ファルクゥ」

「ユルドゥス……調停者の、一族？」

「そうだ。侵略者でないことは、わかるな？」

アユはじっと、リュザールを見る。怖がっている様子はなかった。

ひとまず、リュザールはホッとする。

彼は顔つきがきつく、侵略者に間違われることがあった。茶髪の多い一族の中に、金の髪を持っているのも、理由の一つだろう。これは、母親からの遺伝だ。そんな事情を、他の者は知る由《よし》もない。

そのため、侵略者であると勘違いされ、怖がられることは一度や二度ではなかったのだ。

「俺は、俺達は、遊牧民を害さない、調停者だ。だから、安心しろ」

調停者は、草原で起きた争いの場に現れる一族だ。両者の間に割って入り、争いを仲裁する。

もしも戦いを止めない場合は、両成敗という処置を取ることもある。

調停者の一族であるユルドゥスはそれを可能とするほどの、絶対的な武力を持っているのだ。

ここで遠くから、一本《ひともと》の黒い鷲《わし》が飛んできた。

青年リュザールは手を伸ばす。

鷲は、リュザールの半身ほどの大きな個体である。嘴《くちばし》には、黒く焦げた布を銜《くわ》えていた。

重たいであろう鷲を、リュザールは難なく腕に止める。

「……全焼に、生存者なしか」

リュザールは鷲を放ち、現場がどのような状況であるか調べさせていたのだ。

結果は、悲惨なものである。侵略者は撤退し、遊牧民達は殺され、家畜の一匹も残っていない。

「あれが、お前の……ハルトスか？」

すぐに、アユは首を振った。

「だったら、叔父の一族か？」

アユはもう一度、首を振る。

「都へ行く途中に、私達をもてなしてくれた、名も知らない、遊牧していた人達」

都――山岳地帯で活動する遊牧民には、あまり縁がない場所である。

「お前、叔父と都に行こうとしていたのか？」

アユはじっと、リュザールを見る。無言で見つめる時は質問に対し、肯定しているのだろう。

彼女の瞳はどこまでも深く、青い。見たことのない海は、このような色をしているのかと、リュザールは思う。

アユは目を逸《そ》らさない。リュザールはハッと我に返り、次なる疑問を投げかけた。

「なぜ、あんな軽装で都に行こうとしていたんだ？　都に行くのは、商人か――」

ここで、リュザールは言葉を呑《の》み込む。

遊牧民が都に行く時は、品物を売り買いしに行く時だけだ。それ以外の目的では、行くことはない。

ハルトスは山の恵みのみで暮らすと聞いたことがある。そのため、わざわざ都へ買い出しに行くようには思えなかった。

それに普通、大事に扱っている少女を、見捨てたり頭を摑んで地面に額を押し付けたりと雑な扱いはしない。さらに、アユは先ほどから何か引っかかるような物言いをする。

「人身売買か？」

リュザールがポツリと呟いた言葉を、アユは否定しなかった。都では、金に困った侵略者が、攫《さら》った遊牧民を金持ちに売り払うことは珍しくない。

「お前の叔父は、侵略者なのか？」

「違う。仕事は、金貸し」

「金貸し……」

まれに、遊牧民の中には変わったことを生業《なりわい》としている者がいる。アユの叔父もそうなのだろう。

金貸しは、侵略者との繋がりが強い。彼らは時に、侵略者の思想に染まり、悪いことを悪いと思わず、暴力的な行為を働くことがあった。だとしたら、アユが連れ去られた理由は容易《たやす》く想像が付く。

「すまん。推測させてもらうが、お前の両親が叔父に借金をしていて、それが返せなくなって、借金のかたに、お前を無理矢理連れ去った。これで、合っているか？」

アユは否定せず、リュザールの顔を見つめていた。即《すなわ》ち、正解ということである。

「なんだよ、それ……」

奇《く》しくも、不幸な少女をリュザールは助けてしまったのだ。

「お前、これからどうする？　ハルトスの、遊牧地はわかるか？」

アユは山が並ぶ方向を指差した。

「歩いて行けるか？」

その問いには、首を横に振る。

「徒歩では行けないのか？　アレだったら、この馬で送ってやるが」

アユは首を振り続ける。

「もしかして、帰れないってことか？」

問いかけに、アユは首を振らずにリュザールの顔を見る。

「なぜ、帰れない？」

「母が、双子を産んだ。これ以上食い扶持《ぶち》が増えたら、暮らしていけない」

借金をしていた理由も判明する。アユは大家族の中で暮らしていて、母親が二人の子どもを産んだ。それは喜ばしいできごとであったが、別の問題が生じる。

裕福でない一家は、家族全員を養う財を有していなかったのだ。

「なるほど。だから、家族は連れ去られるお前を助けなかったと。それで、これからお前はどうする？」

「ここで」

「ここ？」

以降、アユは何も喋《しゃべ》らなくなった。視線はいまだ煙をあげる草原のほうを見ていた。

「もしかして、ここに残るつもりなのか？」

問いかけに反応を示したものの、アユは首を振らない。ただただじっと、リュザールを見つめるばかりだ。

この草原の地には何も残っていない。家畜も、家も、人も、すべてなくなってしまった。

今、リュザールの鷲が調べてきたばかりだ。

「ここに残って、何をするんだ？」

「精霊に、祈りを」

「祈りって、ここで精霊に何を祈るつもりだ？」

「亡くなった命と、大地と……来世で、私を愛してくれるように、と」

精霊の愛とは、祝福のことだ。祝福を受けた子どもは、奇跡の力を持って生まれる。

その言葉の通り、手のひらに精霊石を握ってこの世に誕生するのだ。リュザールも、菱形《ひしがた》のエメラルドのような石を握って生まれた。それは、今も肌身離さず持ち歩いている。

リュザールは風の大精霊の祝福を授かっていた。そのため、まじないを唱えると、どこからともなく、風を巻き起こすことができる。

アユが言った「来世で愛してくれるように」というのは、今世では愛されていないということになる。つまり、精霊から祝福を受けていないのだろう。

彼女は奇跡の力を使えないようだ。

草原に生きる者はみな、精霊から祝福を授かる。

アユのように、何も持たないで生まれる者は稀《まれ》なのだ。

「だから、その齢《よわい》になっても、独身のままで実家にいたんだな」

遊牧民の女性の結婚は早い。十歳の時には結婚相手を決め、十三歳になったら結婚する。

アユは幼い顔立ちで小柄だが、体《からだ》つきから十五は超えているように見えていた。

「お前、年はいくつだ？」

「十六」

その年齢ならば、普通は既婚者だろう。

顔立ちも、よくよく見たら悪くない。それどころか、汚れを落とし、身ぎれいにしたら美しい少女になるだろう。

だったらなぜ、結婚していないのかという疑問は考えるまでもない。

奇跡の力が使えないからだ。

風を巻き上げ、火を熾《おこ》し、水を湧き出させ、大地から草木を芽吹かせる。精霊から生まれながらに授かる奇跡の力は、草原に住む人々の生活を助けるのだ。中でも、火の力を持つ少女は引く手あまたと言われ、結婚相手は選《よ》り取り見取りと言われている。

それほどに、奇跡の力は、結婚において重要な要素だった。

一方でアユは、祝福の力がない。そのため、この年になるまで結婚していなかったのだろう。

「それで、嫁の貰《もら》い手がないお前は、死ぬまでここで祈り続けると？」

問いかけに対し、アユはじっとリュザールを見つめるばかりであった。

自分の一家が暮らしていた地でもなく、誰かが傍《そば》にいるわけでもなく、かけがえのない何かがあるわけでもなく。アユは行く当てがないから、ここに残って生涯を祈りに捧《ささ》げると言う。

ここには希望も野望も欲望も、何もかもない。彼女の青い瞳は、虚ろだった。

傍にいるリュザールに助けを求めることもなく、アユはただただ、焼けゆく草原に遠い目を向けていた。

なぜか、リュザールはその姿から目が離せなくなっていた。

今まで話す内容から察するに、彼女はまっとうな人間である。

どうして、生に縋らないのか。

貧しい大家族の中で育ち、諦めることに慣れているのだろうか。

わからない。

今まで出会う人々は、欲にまみれていた。

欲しいものがあれば、襲って、壊して、殺して、奪う。広大な草原には、民を統率する王もいなければ、罪を縛る秩序もない。だから、調停者の一族の存在は不可欠だった。

何もかも失ったアユは、ここで何をするのか。祈ると言っていたが、それだけでは人は生きていけない。

今、リュザールをこの地に縛っているのは、彼女の存在である。理由はわからないが、彼女の存在が気になって仕方がなかったのだ。

だから――手を差し伸べて、言葉をかける。

「お前、俺と一緒に来い」

リュザールは、アユを連れて行こうと思った。

有無を言わさず、腕を摑んで立ち上がらせる。そのまま腕を引いて歩いたが、アユは抵抗しなかった。

まず、近くにあった泉に連れて行った。とにかく、アユは全身汚れていたのだ。侵略者に襲われたあとなので、仕方がない話であったが。

泉はオリーブの樹に囲まれていて、周囲から見えないようになっている。絶好の、水浴びの場でもあった。

リュザールも、都に行く時は必ずここに立ち寄っている。

というのも、月に一度、買い出しに行かされるのだ。

絨毯《じゅうたん》に羊皮紙、葡萄酒《ぶどうしゅ》に香辛料、塩に砂糖、ガラス瓶に陶器、薬、鏡、既製服、壺《つぼ》など、草原の暮らしで手に入らない品を家族全員分買い揃えてきた。

その帰り道に、アユとその叔父に出会ったのだ。

リュザールは革袋を漁《あさ》り、茶色い煉瓦《れんが》のような塊を取り出してアユに向かって投げた。

「オリーブの石鹼《せっけん》だ。それを使って体を洗え」

ここら一帯には、多くのオリーブの樹が自生している。それは、草原の民の生活を支えるものだ。都のほうでは石鹼が名物となっており、自分達で作るよりずっと安価で手に入る。

リュザールは今回の買い出しでも、石鹼の大量購入を命じられていた。その中の一つを、アユに投げ渡した。

アユは見事、石鹼を落とさずに受け取る。その後、リュザールは体を拭く大判の布も二枚投げた。続いて、その辺に落ちている枝を拾い、焚火《たきび》を作る。アユが体を洗っている間に、馬や鷲に餌をやろう。そんなことを考えていたら、背後の泉よりドボンという水音が聞こえた。

「――なっ!?」

慌てて振り返るとアユが服を着たまま、泉の中に沈んでいったのだ。

まさか、己の運命を嘆き、身投げしたのでは!?

リュザールはそう思って、自らも飛び込む。水中ですぐに、アユの姿は見つかった。泉の中にいた彼女は瞼《まぶた》を閉じ、腕を広げていた。

泉の中に差し込んだ陽の光が、アユの姿と重なって神秘的に見える。

アユはリュザールの存在に気づいたのか、そっと目を開く。

澄んだ青い目は――何を思っているのか。

ここで、息を大量に吐き出す。ごぼごぼと、水が泡立った。

見とれている場合ではない。泳いでアユに接近し、その身を引き寄せる。か細い体を胸に抱き、地上へと上げた。

「はあっ！」

リュザールは思いっきり空気を吸い込んだ。自身も地上へ上がり、両手を突いて肩で息をする。先に泉に飛び込んだアユのほうが、息は乱れていなかった。

「お前、何を……」

「水浴びを」

「は？」

「夏はいつも、服のまま入る」

服を着たまま泉へ飛び込んだのは、身投げではなかった。勢いよく入っただけだったようだ。

リュザールはその場で脱力するように、座り込んでしまった。

その後、アユは誰にも邪魔されることなく、水浴びをする。リュザールは全身濡《ぬ》れたまま、馬と鷲に餌を与えた。

体は冷え切っていて、指先がぶるぶると震えていた。背後よりパシャパシャと聞こえる水の音が、彼から平常心というものを失わせていたのだ。

その後、泉のほうを見ないようにしながら木の枝を集め、火を熾す。

ここで、服を着替えないと風邪を引いてしまうことに気づいた。それと同時に、アユにも着替えが必要なことにも。彼女の民族衣装は、ボロボロだった。

新しい服をと考えて——母親に頼まれていた既製服の存在を思い出す。

それは赤い布地に、金糸の蔦《つた》模様が入った長袖の婦人服《ローブ》だった。それに、ベールの付いた円筒状の帽子も揃いで買うように指定されていた。

今一度、ローブを広げてみる。

体の線に沿うように作られた、細身の意匠だ。どう考えても、若者が好むような華美な装いで、齢四十を超えるリュザールの母親が着るには無理がある。

大変な若作りで、着ている様子を想像したらウッとなった。

これは、母親に着せてはいけない。言われたとおりに買ったものの、改めてそう思ったので、アユの着替えとして与えることにした。

「おい――！」

振り返ったら、アユの白い背中が見えた。

服を着たまま水浴びをしていると言っていたので、今もそうだと思い込んでいたのだ。

慌てて、回れ右をする。

背を向けたまま、服を投げる。そして、叫んだ。

「これ、着替えだ。着ろ。あと、髪を縛る紐も置いておく」

遠くから、「ありがとう」という声が聞こえる。拒絶されなくて、ひとまずホッとした。

しばらくして、アユが焚火のあるほうへと歩いてきた。何も言わず、リュザールの斜め後ろに座る。

「……おい、もっと火の近くに寄れ。体が冷えているだろう？」

初夏とはいえ、泉の水は冷たい。現に、先ほどまでリュザールも震えていた。

アユは言われた通り、焚火に近づく。その刹那、リュザールはハッと息を呑んだ。

視界に入ったアユは、驚くほど綺麗《きれい》な娘だったからだ。

煤《すす》で汚れていた髪は石鹸で洗ったので綺麗になっていた。橙色《だいだいいろ》に近い赤毛で、太陽みたいに美しい。肌はまるで磁器のよう。青い目の美しさは変わらず。血の気を取り戻した唇は、木苺《きいちご》のようにみずみずしかった。赤髪を三つ編みのおさげにして、ベール付きの帽子を被る様は、まるで花嫁だ。ここで、リュザールは気づく。

母親が頼んでいたのは自分の服ではなく、誰かの花嫁装束であったのだ。それを、勝手にアユにあげてしまった。

怒られるだろうか？　世にも恐ろしい母親の怒る様子を思い出し、ぶるりと震える。

謝ったら、話はわかる。おそらく、きっと……。

かつて『草原の黒豹《レオパルト》』と呼ばれていた母親であったが、不幸な遊牧民の少女を助けるためだと説明したら納得してくれるだろう。

今は、母親が赦《ゆる》してくれることを祈る他ない。

それにしてもと思う。いったい、誰が結婚するのか。

リュザールの四人いる兄は、一人を除いて結婚している。ユルドゥスは三つの集落に分かれている。一人目と四人目の兄は、別の集落を率いて暮らし、二番目の兄は族長である父を支えている。三番目の兄は独身だが、見目は良いのに仕事をせず毎日楽器ばかり弾いているので、一族の女性は誰も結婚したがらない。

もしや、花嫁衣装を買って、兄に真面目に働いて結婚しろと発破をかける気なのか。

リュザールの母親が考えそうなことだった。とりあえず、その計画は潰した。

もしも母親の怒りが収まらなかった場合、三番目の兄が庇《かば》ってくれるだろう。

今は、そう信じるほかない。

街で購入したミントのレモネードが入った瓶を取り出す。先に、アユに飲むように差し出した。

「すぐ出るところにカップはないから、そのまま飲め」

アユはリュザールの命じた通り、瓶に直接唇を付ける。

瓶ごと飲むことに慣れていないのか。赤い唇の端から、レモネードが零《こぼ》れていた。

その様子は、どこか艶《なま》めかしい。

見てはいけないものを見ているようで、リュザールはさっと顔を逸らす。そして、その瓶はリュザールのもとへと戻ってきた。

自らも飲もうと思ったが、ふと気づく。これは、間接的に口を付けることになるのではないのかと。

隣で、アユがじっとリュザールを見つめていた。変に意識しているのがバレないよう、意を決しレモネードを飲む。

盛大に噎《む》せてしまったのは言うまでもない。

「……大丈夫?」

「だ、大丈夫だ!」

そう、答えるしかなかった。

のんびりしている時間はなかった。日が暮れるまでに、少しでもユルドゥスの夏営地《ヤイラ》との距離を詰めておかなければならない。

「おい、もう行くぞ」

座ってぼんやりしていたアユの腕を取って立たせる。すると、ヒュウと音を立てて風が通り過ぎていき——アユの足元まですっぽりと覆うスカートがはらりとめくれ上がった。

強い風だったので、太ももあたりまで見えてしまう。

「——うわっ!」
二、三歩と後ずさり、顔を真っ赤にして声を上げたのは、リュザールのほうであった。
アユは無表情のまま、その場に佇《たたず》む。リュザールは指を差し、強く糾弾した。

「お、お前、恥ずかしがるとかしろよ!」

「恥ずかしい?」

小首を傾《かし》げ、聞き返される。

「か、風で、脚が見えたんだぞ!?」

「仕方がない」

「は?」

「風のしていることだから、仕方がない」

アユは言う。草原と共に生きることは、この地にあるものすべてを受け入れることであると。

「草、土、木、風、太陽、雲……そのすべてが、私達の生活を支えている。その中で生きている以上、何もかも、受け入れなければならない」

「いや、それはそうだけど」

と、ここでリュザールは思い出す。花嫁衣装一式は、ベール付きの帽子とローブだけではなかったと。忘れていたが、ゆったりとしたズボンもあったのだ。

結婚後、一年間も花嫁衣装を着るしきたりがある。しかし、その恰好のままでは、仕事がしにくくなる。そのため、スカートの下に穿《は》くズボンも付いているのだ。

どちらにせよ、馬に跨らなければならない。ズボンは必要だったのだ。リュザールは荷物を探り、ズボンを発見してアユに差し出した。

「これを、スカートの下に着ろ」

受け取ったアユは、じっとリュザールを見る。

「なんだ?」

「見られていると、穿けない」

「は?」

風が吹いて脚が見えるのは仕方がないが、自らスカートをたくし上げるのは恥ずかしい。

今になって、リュザールの言っていた意味に気づいたと言う。

「なんだよ、それ」

脱力し、深い深い溜息《ためいき》を吐《つ》く。そして、包み隠さずアユに言った。

「お前、変わっているよ」

首を傾げるアユに、さらなる溜息を一つ。

「いいから、ズボンを穿け」

リュザールはアユに背を向ける。

ごそごそと布のすり合わさる音が聞こえる間、落ち着かない時間を過ごしていた。

身支度が整ったので、ようやく出発となる。

近くの木に止めていた鷲は、空へと放った。リュザールは馬に装着していた鐙《あぶみ》を踏んで、軽々と騎乗する。そのあと、アユに手を伸ばした。

だが、アユはリュザールに手を差し伸べたが――触れ合う寸前で動きを止める。

「おい、どうした?」

「私は――必要?」

「どういう意味だ?」

「あなたのところへ行っても、きっと、役に立たない」

行先は、調停者であるユルドゥスの集落。そこは、女も子どもも、猛《たけ》き者ばかりだと言われている。アユは、ただの羊飼いだ。戦う術《すべ》など、何も持たない。

そう、彼女は淡々と言った。

リュザールは深い溜息を吐き、アユの手をぐっと摑んだ。手を引いてアユを馬に近付け、眼前で言った。

「役に立つか、立たないかは、連れて行くと判断した俺が決める。お前が勝手に自分で決めることじゃない。それに、最初から決めつけるな。役に立たないじゃないんだよ。諦めずに、やるんだ!」

「!」

その刹那、虚ろだったアユの目に、光が宿る。生気が、戻ってきたのだ。

すぐに彼女から顔を逸らしたリュザールは気づかなかったが。

「ごちゃごちゃ言っていないで、馬に乗れ。日が暮れてしまう」

そう言うと、アユはリュザールの言葉に従い、鐙に足をかける。ひと息で、大きな体の黒馬に跨った。

「よし、行くぞ」

リュザールの前に座るアユが頷くと、馬の腹を軽く蹴る。黒馬は美しい鬣と尻尾を靡かせながら、草原を駆けた。

思いっきり飛ばしたら、日暮れ前までにユルドゥスの夏営地に辿《たど》り着いたかもしれない。

しかし、想定外の荷物があった。アユだ。ユルドゥスの夏営地まであと半日は必要だろう。リュザールは手にした草原の地図を見下ろしながら考える。

今日は一晩、野宿することになった。

リュザールは茜色《あかねいろ》に染まる草原に池を発見し、その場を野営地と決めた。

指笛を吹いて、鷲を呼ぶ。リュザールの黒鷲は、すぐにやって来た。

夜は狼が出る。しかし、鷲を傍に置いていたら、警戒して近寄ってこない。もしも接近してくる場合も、鳴いて教えてくれる。

父親から十五の時に贈られた黒鷲は、相棒でもあった。そんな黒鷲に餌を与え、馬には褒美の角砂糖を与える。そうこうしている間に、アユはその辺に落ちていた拳大の石を円形に並べ、中心部に枝をくべるという簡易かまどを作っていた。

手際の良さに、リュザールは目を見張る。火打ち石を探しているようだが、そうそう簡単に見つかるものではない。リュザールはアユの作った簡易かまどの前にしゃがみ込み、ベルトに吊るしていた革袋を外して手に取る。

「おい、火はあるぞ」

リュザールが取り出したのは、火打ち石と火打ち金。火打ち金は鋼鉄製で、摑みやすいように平たい円形となっている。石と枯草を片手に持ち、火打ち金に打ち付けるのだ。

すると、数回叩いただけで、小さな火が点《とも》る。枯草の塊に火を入れ、息を吹きかけると、ボッと大きな火が起こった。それを、簡易かまどの中へと入れた。

「それ、すごい」

リュザールの火打ち金に、アユは羨望に似た眼差《まなざ》しを向けていた。

「今まで、火を熾《おこ》すの、とても、大変だった」

「お前のところでは、石だけで打っていたのか？」

アユはリュザールをじっと見つめる。肯定ということだろう。

「さっきから疑問だったんだが、お前、なんで声を出さないし、出してもちっさいんだよ」

「声は、仕事道具だから」

「は？　歌い手かなんかなのか？」

「違う」

とりあえず、喉を保護する目的で、あまり声は出さないようにしているらしい。もう帰れない故郷を思っているのか、アユは遠い目をしている。

悪いことを聞いたと思い、リュザールは深くつっこまなかった。

「メシだ。メシにする。腹減った」

リュザールは近くに置いていた袋を手に取り、中から小さな鍋を取り出す。中に角砂糖を六つと、珈琲《カフヴェ》の粉を入れた。そこに水を入れて、ブクブク泡立つまで沸騰させる。

ものの数分で、完成となる。

リュザールは袋から陶器のカップを取り出し、珈琲を注いだ。一個しかないので、まずはアユに飲ませるために差し出した。

「ほら」

「あなたの、分は？」

「俺は、あとで飲む」

一人旅なので、カップが一個しかないであろうことを、アユはわかっていた。首を左右に振って、リュザールに先に飲むよう勧める。

「いいから飲め」

「でも、私は、あなたより先に飲むわけにはいかない」

——働かざる者は、恵みを受けるな。草原に生きる遊牧民は、それを信条としている。

アユはそれに則《のっと》って、珈琲の受け取りを遠慮しているのだ。

「だったら、お前に命令する。これを、飲め」

そう言うと、やっとカップを受け取ってくれた。しかしまだ、飲もうとしない。

リュザールは頭をガシガシとかきながら、熱い珈琲を飲まない理由を呟いた。

「……俺、猫舌なんだよ」

アユはハッとなったあと、淡く微笑《ほほえ》んだ。焚火に照らされた笑みは、とても美しく見える。

リュザールは顔を逸らし、早く飲むように勧めた。

「うん、美味《おい》しい」

耳を澄まさないと聞こえないほどの、小さな呟きだった。

この国の特産品である珈琲は、極細に挽《ひ》いて作られている。それを煮出して淹《い》れるので、表面は泡立ち、中はどろりとしている。

リュザールはアユにシミットという、ゴマがたっぷりまぶされたパンを差し出した。

「これも食え。命令だ」

「ありがとう」

今度は素直に礼を言って受け取る。空腹だったのか、パンを食べるアユの目尻に、涙が浮かんでいた。リュザールはそれを見ないようにする。そして、自身もシミットを齧《かじ》った。

◇◇◇

パチパチ、パチパチと火が燃える音で、アユは目を覚ます。瞼をうっすら開くと、周囲が僅かに明るくなっている。

空に広がる夜闇を、地平線から広がる太陽の光が押し上げていた。草原は陽の色に染まり、夜が終わろうとしている。

アユは陽光を、昨日までとは異なる感情で見つめる。

太陽は絶望へと導くものではない。希望の光だった。

体に、毛布がかけられていることに気づく。ユルドゥスの青年、リュザールがかけてくれたのだろう。本人は火の前に胡坐《あぐら》を組み、座ったまま眠っていた。眉間には皺《しわ》が寄っており、寝顔は穏やかではない。一晩中、火の番をしていたのだろう。焚火の火は、絶やさずに燃えていたようだ。アユはリュザールの前に片膝を突き、胸に手を当てる。これは、羊飼いが感謝を示す時にする恰好だ。

アユは眠るリュザールを、まじまじと見る。金の髪は、羊が大好きな干し草のよう。日に焼けた褐色の肌は精悍な雰囲気をかもしだし、体はガッシリしていて戦う男のものだ。

アユと共に育った、ハルトスの遊牧民の男達とはまるで違う。

年頃は二十歳はいっていないように見える。眠っていると、起きている時よりも幼く見えた。最初は彼が侵略者に見えたので、怖かった。金の髪に、褐色の肌は、侵略者の証である。しかしリュザールは違った。

調停者ユルドゥスの一族だった。

かの一族は、人を拒まない。そのため、侵略者の血が入っていても不思議ではなかった。

リュザールは一見してぶっきらぼうな青年に見える。しかし、こうしてワケアリのアユを見捨てずに連れて行くことから、かなりの善人であることがわかる。

そして、彼はアユに言った。

――役に立つか、立たないかは、連れて行くと判断した俺が決める。お前が勝手に自分で決めることじゃない。それに、最初から決めつけるな。役に立たないじゃないんだよ。諦めずに、やるんだ！

その言葉は、何もかも諦め、生きる意味すら失っていたアユに生きる力を与えた。

この先、どうなるかわからない。しかし、リュザールに認められるように、懸命に頑張るしかなかった。

羊飼いであったアユがユルドゥスの中で何ができるのか。これから、考えようと思う。

ぼんやりしているうちに、周囲がずいぶんと明るくなった。アユは立ち上がり、背伸びをする。

まずは、近くの池で顔を洗った。水は冷たく、一瞬にして目が覚める。

さて、何をしようか。

そんなことを考えていると、ぐうっと腹が鳴った。

ここで、何が作れるのか。アユは辺りを見渡す。野生のオリーブの樹があるけれど、実は生《な》っていない。池を覗《のぞ》き込んだが、魚は泳いでいても釣り具がないので捕まえられない。

池の中を泳ぐ魚を睨《にら》んでいたら、その前を拳大の蛙《かえる》がスイスイと泳いでいく。

アユは躊躇《ためら》うことなく、蛙を摑んだ。それは、食用蛙だったのだ。

ジタバタと暴れる蛙に止《とど》めを刺そうと腰ベルトを探ったが、ナイフは叔父に没収されていたことを思い出す。柄と鞘《さや》が鹿の角で作られたお気に入りのナイフだったのに、自害をするかもしれないからと奪われたのだ。

リュザールにナイフを借りよう。焚火の近くに、大振りのナイフが置いてあった。

そう思い、アユは立ち上がって焚火のほうへと戻る。

リュザールのナイフに手を伸ばそうとした瞬間、甲高い鳥の鳴き声が聞こえた。

朝日が昇ったばかりの空を滑空するのは――黒く美しい、リュザールの黒鷲である。

飛んできた鷲は優雅に着地し、リュザールの傍に何かを落とす。

それは、アユの拳四つ分ほどの立派な兎だった。黒鷲のほうを見ると、どうだと胸を張っているように見えた。兎はリュザールの傍に落としたまま、食べようとしない。

もしかしたら、主人のために獲《と》ってきたのか。だとしたら、かなり賢い鷲である。そんな黒鷲の視線は、アユの持つ蛙にあった。手の中でジタバタと暴れる蛙を、物欲しそうに見つめている。

「食べる？」

返事などするわけないが、話しかけてみた。すると、黒鷲は低い声で「ピイ」と鳴いた。

黒鷲はリュザールの上半身と同じくらいの大鷲である。迫力があった。しかし、近くで見ると目がクリッとしていて、愛嬌《あいきょう》があるように見えた。

鷲はハルトスの遊牧にやって来る行商も飼っていた。賢くて、従順で、素晴らしい人生の相棒であると自慢げに話していたことを思い出す。怖い顔をしているが、まったく怖くはないとも。

アユは勇気を振り絞り、蛙を差し出した。

さすれば、黒鷲はそっと嘴で蛙を銜える。アユが手を離すと、即座に地面に蛙を叩きつけて、頸動脈《けいどうみゃく》を引き千切った。一瞬で、蛙を仕留める。

あとはゆっくり食べたいと思ったからか、近くにあるオリーブの樹に飛んで行った。

アユはドキドキと高鳴る胸を押さえる。初めての鷲への給餌は、成功だったようだ。

「う……ん」

眉間の皺をさらに深めるリュザールを見て、ハッとなる。こうしている場合ではない。朝食の準備をしなければならなかった。

黒鷲が仕留めた兎と、リュザールのナイフを手に取り、池の畔《ほとり》へと移動する。髪を結んでいた紐《ひも》で片脚を縛り、オリーブの樹の枝に兎を吊り下げた。首を切って、血抜きを始める。同時に、足先から兎の毛皮を剥いでいった。まだ、体温が残っている。そのため、スルスルと剥《む》けた。

毛皮が取れたら、中の腸《はらわた》を抜く。手早く解体を完了させた。

続いて、草原で薬草を探す。さらさらと揺れる草むらの中、アユはすぐに探していたものを発見した。臭み消しと抗菌効果のある、ローズマリーだ。肉料理にぴったりの薬草である。

ローズマリーを池の水で洗い、千切って兎の肉に揉《も》み込んだ。肉をしばらく休ませている間に、珈琲を淹れる。

角砂糖と粉末珈琲を入れた水を沸騰させ、カップに注ぐ。リュザールは猫舌だというので、冷ましておくのだ。

鍋を洗い、今度は兎の肉を焼く。ジュワッと音が鳴り、香ばしい匂いが漂ってきた。

肉が焼き上がった頃に、リュザールはくしゃみをして目覚める。

「――ん？」

珈琲と兎の香草焼き。完成していた朝食を見たリュザールは、パチパチと目を瞬かせる。

目が合ったアユは、小さな声で言った。

「おはよう」

◇◇◇

朝、珈琲の良い匂いでリュザールは目を覚ます。火の番をしていたが、知らないうちに眠ってしまったようだ。すぐ近くにアユがいて、目が合うと彼女は「おはよう」と言った。

少し照れたような、はにかみ顔だった。一瞬言葉に詰まったものの、リュザールは言葉を返す。

「お、おはよう」

だんだんと、リュザールも照れくさくなってくる。家族以外と、こうして朝を過ごすことは初めてだった。まずは目を覚ますため、池に顔を洗いに行った。

なんだかぼんやりしていて顔全体が熱いので、頭全体を池に浸《つ》けたくなる。

髪を乾かすのが面倒なので、しなかったが。

池の水は案外冷たかったので、しっかり目は覚めた。

腰ベルトに吊るす鞄《かばん》から取り出したのは、缶に入った粉末ミント。これで、歯を磨く。

続いて、オリーブの石鹸を泡立てて顎に付け、顎にうっすら生えた髭《ひげ》をナイフで剃《そ》る。

これで、完全にすっきりした。

焚火のもとへ戻る。そこにはオリーブの枝葉を重ねて皿にしたものに、焼いた肉が置かれていた。表面にはほどよい焼き色が付いていて、美味しそうだ。

傍らには、珈琲が置かれている。猫舌だと言っていたのを覚えていたからか、湯気は上がっていない。

「すごいな。というか、肉、どうしたんだ？」

「鷲が」

「ああ、あいつか」

毎朝ではないが、リュザールの黒鷲は気まぐれに兎を狩ってくる日がある。

「でもあいつ、餌をやらないと、渡さなかっただろう？」

「蛙と、交換した」

「は⁉」

アユは池で蛙を捕まえ、黒鷲と交換したと言う。

「お前、交換を持ちかけて、しかもあいつは応じたのか？」

リュザールの顔を、アユはじっと見つめた。

「信じらんねえ」

リュザールの黒鷲は一族の持つ鷲の中でもひときわ大きく、男でさえ恐れる者もいた。

しかし、アユは黒鷲を恐れず、取引を行ったようだ。

驚くべきことであるが、そんなことはさておいて。朝食を食べることにした。

まずは、珈琲を一口。

「――え⁉」

いつも飲んでいるものより濃厚で、ほどよい苦みと甘さがある。今まで飲んでいたどの珈琲よりも、美味しかったのだ。

「おい、これ、砂糖以外に何か入れたのか？」

「何も」

淹れ方しだいでこうも変わるのかと驚く。

「お前、これで店を開けるぞ」

そう言ったら、アユはあわく微笑んだ。リュザールはサッと顔を逸らし、珈琲を飲む。

「メシにするぞ」

リュザールは照れ隠しをするようにそう言うと、鞄の中からムスル・エキメイ――トウモロコシのパンを取り出して、アユに手渡す。

「ありがとう」

「今日は移動するから、ちゃんと食っておけ」

馬に乗っているだけであっても、案外疲れる。トウモロコシは栄養豊富で、疲れている時の免疫力低下を防止する効果もある。買い出しに出る時は、兄嫁が毎回焼いて持たせてくれるのだ。

「正直あんま、美味《うま》くもねえけどな」

トウモロコシのパンはボソボソしていて食感が悪く、ごくんと飲み込むのにも力がいる。そんな感じのパンだ。

「いや、まあ、これは、義姉《ねえ》さんが料理下手だからというか――」

二番目の兄の嫁は、独身であるリュザールを心配し、夕食に呼んでくれたり、こうして買い出しに行くと言ったらパンを焼いてくれたりする。

しかし……まずい……否、美味しくないのだ。

兄嫁の料理には、リュザールを心配する想いが込められている。

まずいなどと、口が裂けても言えるわけがない。

鞄の中からオリーブオイルと、ベヤズ・ペイニールという朝食用の山羊《やぎ》の白チーズを取り出した。トウモロコシのパンは、オリーブオイルに浸すとパサパサ感がマシになる。チーズは口直しに食べるのだ。

アユはオリーブオイル、白チーズ、トウモロコシのパンをすべて自身のもとへと引き寄せる。

いったい何をするのか。リュザールはアユの行動を見守った。

アユは鍋にオリーブオイルをひいて熱している間に、トウモロコシのパンと白チーズを薄く切り分けていく。鍋が温まったら、まずトウモロコシのパンを焼いた。ジュウジュウと音をたて、トウモロコシの香ばしい匂いが漂う。パンの両面に焼き色が付いたら、白チーズを上に置いた。

オリーブの枝葉を鍋の蓋のように被せ、鍋を火から下ろしてしばし待つ。数十秒後──オリーブの枝葉をどかすと、パンの上に載せたチーズの匂いがふわりと香ってきた。

上から、ローズマリーを散らしたら完成だ。

熱いので、皿代わりにした葉の上に載せて、リュザールへ差し出す。

トウモロコシのパンは、ひと手間加えられて驚くべき変貌を遂げていた。リュザールはナイフでパンを一口大に切り、ふうふうと冷ましてから食べる。

「──むっ!?」

モソモソのパンはカリカリになっており、温めたことによってトウモロコシの甘みが引き立つ。上に載せたチーズはなめらかで少々しょっぱいが、甘いパンとの相性は抜群だ。

夢中になって食べていたら、アユが兎の肉とチーズを載せたパンを差し出してくる。

ほどよく冷めたそれを無言で受け取り、一口で食べた。

「んん!?」

歯ごたえのある肉を噛《か》むと、肉汁がじゅわっと溢《あふ》れる。この辺にいる兎肉は少々野性味が強いのだが、チーズの風味が打ち消してくれていた。

「なんだこれ……すごく美味い!」

美味しいから、アユにも食べるように言う。味気ないトウモロコシのパンは、アユの工夫で絶品のごちそうとなった。

アユは髪を結ぶ紐を兎の解体に使ってダメにしてしまったようで、一つに結んだ三つ編みを胸の前へ垂らしている。出発前となり、ベール付きの帽子を被っていた。

火はリュザールが消す。指笛を吹き、近くの木に止めていた黒鷲を空に放った。

「よし、出発するぞ」

アユはじっと、リュザールの顔を見つめる。いまだ、彼女とのこの意思の疎通には慣れない。声を枯らさないため、普段から喋らないようにしていると言っていたが、果たして声を何に使うのか。リュザールにはピンとこなかった。

目と目が合う時間が気恥ずかしくなり、リュザールはいつも顔を逸らしてしまう。悪いと思っているものの、普段このようにまっすぐ見られることはないので、仕方がない話であった。

リュザールとアユは馬に跨り、ゆっくりと並み足で進んで行く。この速度だと、あと半日ほどでユルドゥスの夏営地に到着すると予測していた。

リュザールの前には、アユが跨っている。今日は向かい風でふわふわと花嫁のベールが漂い、少女の馨《かぐわ》しい香りが鼻孔をくすぐっていた。アユは春の花畑のような、ふんわりとした柔らかな香りを身に纏っている。昨日は同じ石鹸で体を洗ったはずなのに不思議だ。

リュザールは首を傾げつつ、馬を走らせる。

と、このようにぼんやりとしていたので、背後からの接近に気づかなかった。

アユが、リュザールの手の甲を叩く。

「どうした？」

話を聞くためにぐっと身を寄せると、アユの香りが強くなる。どうにも気が散る。リュザールは眉間に皺を寄せ、気にしないように努めた。

「何かが、接近している」

「はあ？」

間の抜けた返事をしたのと同時に、黒鷲がピィーー!!　と、高く鳴いた。

あの鳴き方は警戒を意味するものだ。リュザールは慌てて背後を振り返った。

「――なっ!?」

草原に土煙が舞い上がる。それは、馬を全力疾走させたために、巻き上がるものであった。

黒く染め上げた帆布の旗が、ヒラヒラと揺れている。黒は異国からやってきた侵略者の一族を示す色である。旗に刺された模様には見覚えがない。リュザールが一戦交えたことのある一族ではなさそうだ。

その数は五騎。

「クソ、運が悪い！」

調停者であるユルドゥスは、侵略者の一族から報復を受けることがある。そのため、恨みを買って襲われることは珍しくない。

しかしリュザールは褐色の肌に金色の髪という、かつて侵略者の一族だった母親の容姿を強く受け継いでいた。よって、今までユルドゥスであるとバレることもなかったのだ。

なぜ、気付かれてしまったのか。それを考えるのは無駄なこと。今はただ、逃げることに集中するしかない。

背後を振り返ったアユが、体を固くする。

「おい、どうした？」

「お……叔父が……」

「なんだと？」

どうやら、侵略者の中にアユの叔父がいるようだ。連れ戻しに来たのか。今さら、図々しいにもほどがある。

「歯を食いしばっておけ。馬を走らせる」

アユが頷いたのと同時に、リュザールは馬の腹を強く蹴った。

走って、走って、走って、走った。

だんだんと、距離が詰められている。

リュザールは舌打ちした。

鞍《くら》に荷物を積んでいるので、思うように速く走れない。リュザールはアユに命令した。

「おい、鞍の荷物を外せ。右のほうの野菜と、左の穀物、両方だ」

アユは言われたとおり、体を捻《ひね》って鞍の荷物を外す。すぐさま、二つの荷物は地面に落とされた。体が軽くなったからか、馬の速度もぐんぐん上がる。

しかし、距離は縮まるばかりだ。

二人も乗せていたら、全力疾走も難しい。ここで、アユがリュザールに話しかけてきた。

「リュザール」

「なんだよ、呼び捨てかよ！」

「様付けは気持ち悪い」

「リュザール様」

「リュザール」

「呼び捨てか様付けかの、二択だけかよ！　って、そんなことはいい。なんだ？」

アユは振り返って、リュザールに訴えた。

「狙いは私だけ。だから、ここで下ろして」

リュザールを追う侵略者の一族は、アユの叔父が雇い追って来ていたものだ。

リュザールは本日二度目の舌打ちをする。

「リュザール、お願い、私を、ここに」

「うるさい!!」

リュザールは大声でアユの言葉を制した。すると、アユはリュザールに背を向ける。

キツイ物言いになってしまったが、仕方がない。

叔父はアユを都へ売り飛ばそうとした上に、命乞いの材料にもしていたのだ。罪のない少女に対し、あまりにも惨《むご》い行いだった。絶対に、赦せることではない。

それに、リュザールのために一生懸命料理を作ってくれた。そんな少女を見捨てることなどできやしない。

リュザールは鞍から吊るしていた、鉄の入った袋を落とす。これが、一番重かったのだ。

ドサリと重たい音を鳴らしたのと同時に、馬はさらに加速する。

向い風の中なので、馬は辛《つら》いだろう。

もしも逃げ切れたら、好物の角砂糖をあげようと心に誓う。

背後から迫る馬の蹄《ひづめ》の音が近くなっていることに気づいた。

ドッドッドと、胸が激しく鼓動する。

本当にこのまま逃げ切れるのか。その疑問が、行ったり来たりを繰り返していた。

今まで、侵略者の一族とは幾度となく戦ってきた。

彼らは戦うことへの誇りなどなく、卑劣で強欲。それから、人の命をなんとも思っていない、残酷な者達であった。

そんな侵略者の一族に、アユを渡すわけにはいかない。

しかし、たった一人で守り切れるのか。

焦りから、額に汗が滲《にじ》む。

ここで、アユが想定外の行動に出た。

掴んでいた手綱を、手放したのだ。

彼女の体はみるみるうちに傾いていったが――リュザールはアユの腰を掴んで引き寄せた。

「おい!!　お前、何をしているんだ!!　死にたいのか!?」

この速度から落馬したら、大怪我《おおけが》だけでは済まされない。

思わず、怒鳴ってしまった。それだけでは怒りが収まらず、言葉を続ける。

「お前をどうするかは、俺が決める。お前は、勝手に決めるな。黙って、そこにいろ！」

さすれば、アユは背中を丸め俯《うつむ》く。追い風に乗って、キラキラと光るものが見える。

それは、アユの涙だった。

何を思って泣いているのか。リュザールにはわからない。

とにかく、逃げなければ。

そんなリュザールの目の前に、まさかの障害が現れる。

羊の長い長い群れが、草原を横切っていたのだ。

「な、なんだ、あれは――」

右を見ても、左を見ても、羊、羊、羊。

何百頭もの羊が列を成し、草原を横断していた。羊達は羊飼いと牧羊犬の指示に従い、ぞくぞくと歩いてくる。馬が通れる隙間など、まったくない。

リュザールは馬から下りて、鞍に吊り下げていた弓矢を構える。

五騎の馬との距離は、五百米突《メートル》くらい。

侵略者の一族の持つ旗がはためき、ハッとなった。

あれはいくつもの遊牧民を滅ぼした、侵略者たちの中でも悪名高い一族である。

侵略者たちは自らの一族を表す印に、滅ぼした遊牧民の数だけ蜘蛛《くも》の刺繍を加えていくのだ。

以前見かけた時より、ずいぶんと蜘蛛の数が増えていたので、初めて見た一族のものだと勘違いをしていたのだ。どうやら、知らない間に多くの遊牧民を襲い、滅ぼしていたようだ。

この者達とは、調停者であるユルドゥスも何度も戦ってきた。

そして、ことあるごとに侵略を邪魔するので、恨まれている相手でもあるのだ。

容赦は必要ない相手だとわかり、リュザールは遠慮なく矢を放った。

弧を描いて飛んで行った矢は——先頭を走っていた男の胸に命中する。即座に、落馬した。

操縦者を失った馬は、速度を落とし最終的には立ち止まる。

残り四騎。

相手も矢を放って来るので、リュザールは叫んだ。

「おい、馬から下りて、しゃがんでおけ」

アユは言われたとおり、姿勢を低くする。馬の手綱も引いて、座らせていた。

リュザールは、馬が自分以外の者の言うことを聞いたことに驚いた。しかし、それを今気にしている場合ではない。

リュザールは続け様に矢を放つ。

二射目はひと際強い風が吹いたので外れた。三射目は見事的中。敵の左肩を貫いた。

しかし、落馬しない。

四射目を放つと、額に当たった。今度こそ、落馬する。

その騎乗者の後ろにはアユの叔父も乗っていたが、一緒になって地面に転がっていた。しかも、タイミングが悪かったのか、馬に蹴られている。大きな怪我をしているようには見えないが、痛みからのたうち回っていた。

リュザールはザマアミロと思う。

追っ手は残り三騎。

しかし、五射目を撃つ余裕などなかった。

侵略者の一族の者達は三米突の位置まで接近し、近接戦闘をするため馬から下りてくる。

リュザールも弓矢を投げ、腰に下げていた剣を抜いた。

一対三だ。

一人は背が高く、若い男。もう一人は中年で、筋骨隆々。最後の一人は、ずんぐりしていたが大剣を装備していた。

勝てるかどうかは、わからない。しかし、やるしかなかった。

歯を食いしばり、剣を振り上げて向かってくる男の剣を受けるため構えたが――想定外の事態となる。

「――エーイ!!」

それは、草原に響き渡るような、澄んだ大きな声であった。

アユが、羊達に向かって叫んでいたのだ。

道を横断していた羊達が、ピタリと動きを止める。

再度、アユは「エーイ、エーイ」と繰り返す。

そして、「アフ、アフ」という声がかけられると、羊達が侵略者のほうへと走り出した。

アユが発した言葉は――『コーリング』という、羊を操る羊飼いの言葉であった。

羊達は方向転換し、侵略者の一族のほうへと走り出す。

「う、うわっ!」

「な、なんだ!」

「ひええ!」

何十という羊達が迫ってきたので、侵略者達は行動不能となる。

混乱状態となったその間に、アユはリュザールの腕を引いた。

「今のうちに」

「あ、ああ」

リュザールとアユは馬に跨り、隙間ができた羊達の間を縫うように先へと進む。

侵略者との距離はだいぶ離される。

彼らはリュザール達を追うために馬に跨っていたが、羊達がそれを妨害する。

それどころか、馬は羊の群れを恐れ、逆方向に走り始める。

遠くから、方向転換をした羊を不審に思った羊飼いが駆けてきていた。「へ、ヘイ」と、よく通る声で叫んでいる。

羊飼いの声量は驚くべきものだ。このどこまでも続く草原中に、広く響き渡っている。

ここで、声は仕事道具だと言っていたアユの言葉の意味を理解した。

たしかに、羊飼いには、羊を操る声は重要なものだ。喉を枯らしてしまったら、仕事にならないだろう。

だんだんと、侵略者の一族との距離は離れていく。

一時間後、ようやく撒《ま》くことができた。

湖を見つけ、馬に水と角砂糖を与える。リュザールはアユの隣に、腰を下ろした。

「……酷《ひど》い目に遭った」

「ごめんなさい」

「お前は悪くない。運が悪かっただけだ」

「でも」

「悪くないと言っている」

アユが自分を責めそうだったので、話題を逸らした。

「お前の声、驚いた。すごいな」

「いつも、していたこと」

「羊飼いの仕事だな」

声が出ないと仕事にならない。だから、普段のアユは囁くような小さな声しか発しない。

「最初のは、なんて指示だったんだ？」

「あれは、こっちに来い」

「次は？」

「急げ、走れ」

羊の群れはアユの指示に従い、方向転換した。そのおかげで、こうして逃げ切ることができた。

「羊飼いが言っていた、『へ、ヘイ』はなんだ？」

「戻ってこい」

「そうか」

羊の群れの移動の邪魔をしてしまったが、行動はすぐに修正されたようだ。

なんとか、アユの機転もあって逃げ切ることができた。

あのまま、一対三の戦闘をしていたらと思うと、ゾッとする。

侵略者の一族の襲撃で荷物は失った。予定していた進路からも逸れてしまう。

しかし、何はともあれ怪我もなく逃げ切った。

そのことを、喜ぼう。

あとは、仲間達と合流するばかりだ。リュザールは立ち上がり、アユに手を差し伸べる。

「すまんが、あまり長く休んでいられない。ユルドゥスの夏営地はもうすぐだ。行くぞ」

アユはリュザールの手を摑み、立ち上がった。

◇◇◇

――リュザールお兄ちゃん、お菓子、い～っぱい買ってきてね‼

――リュザール、お化粧品、漏れなく買ってくるのよ？

――おい、リュザール、頼んだ物、忘れんじゃねえぞ！

――我が息子リュザール。頼んでいた衣装、大事なものですので。きちんと受け取ってくるのですよ。

都に買い物へ行くリュザールに、家族が口々にした言葉が走馬灯のように甦《よみがえ》ってくる。

全部、広大な草原に落としてきてしまった。

もう、戻って取りに行くことなどできない。

何をどうしたら許してもらえるとか、考えたくもなかった。

今は、必死に巻き込まれたトラブルを、わかりやすいように説明するしかない。

「しかし、手ぶらで帰宅するって、かなり気まずい……」

ボソリと呟いた言葉に応えるかのように、アユが振り返った。

「おい、危ないから振り返るな」

リュザールは馬を止め、アユの顔を見た。

「どうした？」

アユは地平方向にある一本の木を指し示した。

リュザールは目を細める。それは、青々とした葉をつけた枝に、橙色の実を生らしていた。

「あれは――」

「杏子《カユス》」

杏子はリュザールの家族も大好物である。干したり、ジャムにしたり、もちろんそのまま食べても美味しい。

「よく、熟《う》れている。食べ頃」

「お前、すごく目が良いな」

リュザールには、葉にてんてんと生る木の実にしか見えない。それに、視界の端に映っていても杏子であると認識することすらできなかった。

「よし、採りに行くぞ」

馬の腹を叩き、手綱を操って方向転換させる。杏子の木に向かって、一直線に走った。

野生の杏子は、アユの言っていたとおり熟していて食べごろだった。

馬から下りて、鞄の中から麻袋を取り出す。すると、アユが手を出した。リュザールはそれをそのまま差し出す。

杏子の木はそこまで高くない。しかし、手を伸ばして届く場所にある杏子より、太陽に近い位置の杏子のほうが鮮やかに色づいていた。

アユは杏子の木の節に足をかけると、どんどん登っていく。そして、美味しそうに色付く杏子をもいで麻袋に入れていった。

リュザールがプチプチと千切るのよりも早く、アユは袋をいっぱいにする。

髪を結んでいた紐を外して麻袋を閉めた。

ゆるく編んでいた三つ編みが解《ほど》かれ、風を受けてアユの波打った赤髪がさらさらと靡く。

その姿は、絵になるような美しさであった。

ぼんやりと見とれるリュザールをじっと見ながら、アユは言う。

「リュザール」

アユは木の上から、リュザールを呼んだ。近くにくるよう、手招きされる。

「なんだ、ってうわっ!!」

立ち止まった場所は、木の上にいるアユのスカートの中を覗き込むような位置だったのだ。

「何?」

「何って、お前、スカートの中身が見えるだろうが!」

顔を逸らしながら叫んだ。

「でも、ズボン穿いているし」

「知ってる!」

同時に、そうだったと思い出した。

アユはリュザールに向けて、杏子の入った麻袋を落とす。そして、二袋目を寄こすように急《せ》かした。その後、アユの素早い収穫作業を経て、三袋分の杏子を手に入れた。

「杏子は来月の果物市で買おうとしていたんだ。家族も喜ぶ」

杏子はすべて鞍に括《くく》り付けた。

思いがけない土産と共に、リュザールは家路に就く。

◇◇◇

一週間ぶりに、ユルドゥスの夏営地へと戻ってくる。

もうすぐ見えると言えば、アユは首を傾げていた。無理もない。目の前には、広大な草原が広がるばかりであったから。遊牧の羊すら、どこにも見えない。

しだいに、風が強くなる。途中から馬から下りて歩く。でないと、風の煽《あお》りを受けて落馬する可能性があった。

「おい、転ぶかもしれないから、よく摑まっておけ」

向かい風はビュウビュウと音を立て、迫ってきている。

馬にしがみついておけば、問題ない。そう言おうとしたら、アユはリュザールの腕にしがみつく。彼女の柔らかな肌に触れ、リュザールはぎょっとする。

たしかに、「よく摑まっておけ」と言った。だが、リュザール自身にアユがしがみついてくることは、想定外であったのだ。

馬にと言わなかった手前、文句は言えない。歯を噛みしめ、ぐっと我慢する。

さらに、風は強くなった。

これは、調停者の一族の風の巫女《みこ》が起こした結界だ。この風の結界があるおかげで、一族以外の者は近寄れない。

「この先に、本当に人里が？」

「ああ、ある。調停者の集落は風の巫女と、水の巫女の力によって隠されているんだ」

風の巫女が風で近づく者を追い払い、水の巫女が景色をまやかし、何もないように見せる。

精霊の加護から得た力を使って、ユルドゥスは長い間姿を隠して暮らしていた。

「住んでいる場所がバレたりしたら、侵略者の一族がこぞってユルドゥスに押しかけるだろうが」

この風は、集落に入れるかどうかの、洗礼でもある。

巫女が仕える大精霊が認める者だけ、ユルドゥスの里へ導かれるのだ。

「……ということは、私は入れない可能性も？」

「なきにしもあらずだな」

風の大精霊が認めなければ、ユルドゥスと共には暮らしていけない。厳しい掟《おきて》だ。

しかし、大精霊が認めたら、ユルドゥスの者達も認めて受け入れてくれる。

リュザールの母親もそうだった。異国の者で、侵略者の一族の一員であったが、紆余曲折を経て大精霊が認めた。

アユはベール付きの帽子を押さえ、一歩、一歩と、確かな足取りで歩いている。

大精霊は彼女をどう見るのか。リュザールも、審判の時を待つ。

ゴウと、ひと際強い風が吹いた。それは、大精霊がアユに何かを問いかけているようだった。

アユは、強い目を向ける。顔を逸らさず、まっすぐに前を見ていた。

さすれば――風は止んだ。

目の前に、長方形の移動式家屋《チャドル》が見えてくる。

どうやら、アユはユルドゥスを守護する風の大精霊に認められたようだ。

目の前に突然集落が現れ、アユは目を丸くしている。

移動式家屋がポツポツと並び、その周囲には犬と戯れる小さな子どもや、薬草を干している女性などがいた。集落にいるのは人や犬だけではない。所有する馬、駱駝《らくだ》などが辺りを闊歩《かっぽ》している。遠く離れた小高い丘には、羊や山羊が草を食《は》んでいた。

驚くほど普通な、遊牧民の暮らしが営まれている。

「この時間帯は、ここに住む男のほとんどが放牧に出かけている。今は女達しかいない」

家屋の数は十五戸。十二世帯の家族が住んでいる。

「ユルドゥスの一族は、三つに分かれていて、何かあったら鳩《はと》を飛ばして連絡を取り合うんだ」

返事がないのでアユのほうを見たら、じっとリュザールを見上げていた。

彼女は羊飼いなので、喉を大事にするために必要以上に声を発しない。アユの青い目は、リュザールだけを映していた。

こうして年の近い異性に熱烈に見つめられることに慣れないリュザールは、照れてしまってふいと顔を逸らす。

「あ〜、なんだ。特に珍しいもんがあるわけではないが……」

ここで、帰宅してきたリュザールに気付く者が現れる。

「わ〜、リュザールお兄ちゃん、おかえりなさい！」

声をかけてきたのは、八歳くらいの好奇心旺盛そうな少年である。後ろに日除けの布が付いた円柱状の帽子を被り、詰襟の上着にだぼっとしたズボンを穿いている。

「ねえ、都は人がいっぱいだった？」

「あ〜」

「騎馬兵はいた？」

「まあ〜」

「あ、そうだ。僕が頼んでいた、ロクム、買ってきた？」

リュザールはその質問には返事をせずに、明後日《あさって》の方向を向く。鞍に下げられた荷物は、全部杏子だ。

「ロクムを楽しみにしていたんだ！」

「……」

ロクムとは、デンプンと砂糖で作った生地の中にナッツを入れた菓子のことである。

砂糖がこれでもかというくらい入っていて大人には甘すぎるものだが、子ども達は大好物なのだ。ロクムは都の菓子屋でしか買えない。そのため、買い出しのたびに頼まれていた。

「何味のロクムを買ってきた？」

「あ〜それは」

「あれ？」

ここで、少年はリュザールの背後に立っていたアユに気づく。

「リュザールお兄ちゃん、そこのお姉ちゃんは？」

「あ、こいつは――」

「わあ、花嫁さんだ！」

少年はアユを覗き込んで、嬉《うれ》しそうに言う。

アユは花嫁衣装を纏っていた。見た目は花嫁としか言いようがない。

しかし、彼女は花嫁ではない。

着替えがなかったので、花嫁衣装を貸しただけだ。その事情を説明するか否か、迷っている間に、少年は回れ右をして駆けて行く。そして、家屋の出入り口の布を捲《めく》って叫んだ。

「リュザールお兄ちゃんが、花嫁さんを連れて帰ってきたよ!!」

少年は一族にとって喜ばしい報告をしてくれた。ただし、勘違いであるが。

「おい、ちょっと待て！　イーイト！」

イーイト少年はリュザールの二番目の兄の子どもである。生まれた時から兄弟も同然に育つ。

幸か不幸か、彼はとってもお喋りなのだ。

イーイトの報告を聞いて、家屋の中にいた人達がゾロゾロと出てくる。

「リュザールが結婚？」

「花嫁を連れて帰ってきたって？」

「あの花嫁を選り好みしていたリュザール坊が？　嘘《うそ》だろう？」

「ようやく身を固める気になったか」

　リュザールは瞬く間に、囲まれてしまった。

「おい、さっきのは本当か？」

「都へは、花嫁探しのためだったのか？」

「花嫁はどこに──ああ、あそこにいる女の子か」

「どえらい美人じゃないか」

　続けざまに話しかけられ、誤報を訂正する暇もない。

「あ、いや──」

「どこで見つけてきたんだ？」

「都には、あんな別嬪《べっぴん》さんがたくさんいるのか？」

「あの子は、なんて名前なんだ？」

「それは──」

　息を大きく吸い込み、弁解しようとしたその時──奥にあったひと際大きな家から、一人の中年女性が近寄ってくる。

　肌は褐色で、金の髪が美しい。すらりとしているが、しなやかな体にはほどよい筋肉が付いている。先ほどのイーイト同様、円柱状の帽子を被っていた。服は、くるぶし丈の緑色のローブをベルトでしっかりと巻いている。手には、槍《やり》を持っていた。年頃は四十前後。キリリとした目元に、スッと通った鼻。口元はきゅっと結ばれている。リュザールと同じ翠の目を持つ、ハッとするような美人であった。

「おい、リュザール、母ちゃんが来たぞ」

「嫁っ子を紹介するんだ」

「しっかり母ちゃんから守ってやるんだぞ」

「味方はお前だけなんだから」

「いや、だから――」

女性はリュザールとよく似た精悍な顔立ちをしており、名をアズラという。言わずもがな、リュザールの母である。元侵略者の一族の者で、ユルドゥス一の女傑でもあった。

皆、リュザールから離れてアズラに道を譲っていた。

「我が息子リュザール、遅かったですね」

「いや、ちょっといろいろあって」

「シリースの遊牧民が襲われたと聞きましたが、それに関連しているのですか？」

「まあ……」

「はっきりしないのですね」

確かに遊牧民の襲撃は目撃したが、名前まではわからない。調停者であるユルドゥスには、先に襲撃事件の詳細が届いていたようだ。

「俺も、近くを通りかかったけれど、生き残っている人はいなかった」

「みたいですね」

すでにリュザールの一番上の兄ゴースが、調査に向かっていたようだ。

ちなみにゴースはここから馬で一日ほど駆った場所に夏営地を開き、十四世帯が暮らしている集落を纏めている。

「それで、なんの騒ぎかと思ったら」

アズラはチラリと、少し離れた場所に佇むアユを見た。

「ああ、なるほど。素晴らしい。我が息子リュザール。あなたは……花嫁を連れ帰ってきたのですね」

今度こそ、否定する瞬間がやってきた。リュザールは息を大きく吸い込んで言った。

「彼女は――」

「なんだ、花嫁じゃないか!!」

大きな声で、言葉が遮られる。

声が聞こえた背後を振り返ると、アユの近くに髭面で大柄な中年男性が立っていた。

それは、リュザールの父だった。

リュザールの父メーレは、輪郭を縁取るように髭を生やした厳《いか》つい顔の持ち主であったが、実に純粋な目でアユを見ている。一族の誰かがリュザールのために連れてきた、花嫁だと思ったのだろう。

そんな父親の勘違いを止めるべく、リュザールは走った。

「お、おい!!　父上、待て待て!!」

リュザールは全力疾走し、アユとメーレのもとへと急ぐ。

メーレは行商が集まって草原の真ん中に開かれた市場に行っていたのか、大きな麻袋を肩に担いでいた。

「む、リュザール。戻っておったか」

「か、帰ってきたばかりだ」

肩で息をしながら、父親の問いに答える。同時に、アユの手を引いて、背後に立たせた。

「安心せい。この娘子《むすめご》のことを、盗《と》りはしない」

リュザールの母は二番目の妻で、一番目の妻が亡くなったあと後妻となった。夫婦の年の差は二十と、親子と見まがうほどに離れている。そんなメーレは周囲から、若い女性好きと揶揄《やゆ》されることがあるのだ。

「いや、そうじゃなくて」

「何が違うのだ？　隠すということは、そこの娘子はリュザールの花嫁だろう？」

リュザールは息を大きく吸い込み、今度こそ叫んだ。

「違う!!」

やっと言えたので、安堵《あんど》からがっくりと肩を落として膝に手をつく。

メーレは目を丸くしていた。代わりに反応を示したのは――。

「我が息子リュザールよ、違うとはどういうことです？」

リュザールの母アズラであった。問いただすだけでは飽き足らず、息子の胸倉を掴む。

「ぐうっ……」

「まさか、この娘を拐《かどわ》かしたのですか？」

「ち、違っ……」

リュザールの足が浮く。アズラはとんでもない腕力を持っていた。

「私が我が息子リュザールの花嫁にと頼んでいた花嫁衣装を無理矢理着せて、連れてきたのですね？」

「だから、違うって」

「嘘は言わない約束です！」

メーレはデカい図体のわりに、妻と息子を交互に見てオロオロするばかりである。

二人の間に割って入ったのは、今までじっと傍観していたアユだった。

「誘拐じゃない。リュザールは、私を、助けてくれた」

「え？」

アズラはリュザールの首を絞めていた手を離し、一言謝った。

「それは………？　ああ、申し訳ありませんでした」

リュザールはゴホンと咳《せ》き込み、襟元を正しながら言った。

「家で、詳しい事情を話す」

族長であるメーレの移動式家屋は、夫婦二人が暮らすだけであるがとにかく広い。

大家族が悠々自適に生活できるほどの広さがある。ここはかつて、五人の兄弟が育った家でもあった。皆、十五歳の成人の儀を迎えたあと、古い家屋を譲ってもらい独立する。リュザールも、一人暮らしを始めて早四年だ。とは言っても、彼の家屋は両親の家屋の斜め前にある。

食事は母親が作ったものを毎日食べていた。結婚をしていないので、完全な独立とは言えなかった。そのため、両親はリュザールに早く結婚をするように急かしていた。

何名かの娘を花嫁候補として薦めたが、断固としてリュザールが頷くことはなかったのだ。そんな状況だったので、花嫁を連れ帰っての帰還を喜んだ。

しかし、アユは気の毒な娘で、憐《あわ》れんで連れ帰っただけだったのだ。

「――というわけで、荷物も失い、今に至る」

両親の顔を、リュザールは恐る恐る見た。父メーレは眉尻を下げ、母アズラは涙目だった。

「そ、そうか、そうであったか……」

「可哀想《かわいそう》な、娘だったのですね……」

リュザールの両親は、アユの境遇に同情していた。荷物のことで怒られることはないどころか――。

「たいした勇気だ。我が息子ながら、誇りに思う」

「ええ、ええ。偉いですよ」

よくやったと褒められる。メーレは厳つい顔の眉を下げながら、物憂げに言った。

「口減らしをするくらいならば、ユルドゥスに連れて来いと言っているのに、まだ、こんなことが起きているなど――悲しい」

「本当に」

皆、生きることに必死なのだ。そのことは、調停者であるユルドゥスも変わらない。

侵略者の一族と戦うことで、遊牧民側から報酬を受ける時もあるが、大半は無報酬だ。

そのため、羊や山羊などの家畜を飼い、織物を作るなど、さまざまな手仕事で生活費を稼いでいる。

顔を伏せるアユに、メーレは言った。

「よくぞ、見ず知らずの息子についてきてくれた。感謝する」

メーレの言葉に、アユは深々と頭を下げて返す。

「それで、リュザール。お前は、連れてきたこの娘子を妻にする気はないと」

「ああ、別に、そういうつもりで連れてきたわけじゃない」

「そうか……」

夫婦はしばし見つめ合い、互いに耳打ちをする。アユをどうするのか、話し合っているようだ。

ここで、アユがリュザールの服の袖を引く。

「ん、なんだ？」

アユはぐっとリュザールに接近した。唇が耳に付きそうなほど近寄り、耳打ちする。

「私の祝福のこと、話して」

「は？」

思いがけない接近に最初はドギマギして、囁かれた言葉を聞き逃してしまう。

二回目にやっと、アユの祝福について説明してほしいという懇願であると理解した。

わかったと伝えるために、アユをじっと見る。

アユも、じっとリュザールを見つめていた。が、いつまで見続けていいのかわからず、リュザールはすぐにアユから顔を逸らしてしまった。

両親の話し合いは終わったらしい。嬉しそうに、話しかけてくる。

「リュザール、その子は赤髪だから、炎の精霊の祝福を受けているのではないか？」

「あ、いや、今、説明しようと思っていたんだが、彼女は、精霊の祝福を受けていない」

「それは！　そう、だったのか……」

ユルドゥスの一族は、妻と迎える者の祝福の力も重要視する。

風の精霊の祝福を持つ者は追い風で仕事に向かう夫を見送り、火の精霊の祝福を持つ者は家の火を絶やさず、水の精霊の祝福を持つ者は豊富な水で生活を支える。

このように、妻となる女性の祝福の力は、豊かな生活を送る上で重要なことであった。

「そうか……。誰かの花嫁にと、思っていたのだが」

アユを誰かの花嫁に。それを聞いた瞬間、リュザールの胸がドクンと大きく鼓動する。

理由はわからない。それに加え、どうしてか落ち着かない気分になった。

「祝福がないのならば、結婚は難しいかもしれん」

「ですが、我が家にも、結婚できない男がいます」

「ああ、そうであったな」

リュザールの両親はにっこりと微笑みながら言った。

結婚できない男とは自分のことかとリュザールは思ったが――違った。

「我が義息、イミカンの花嫁になってもらいましょう」

「は!?」

アズラの提案に、リュザールは驚愕《きょうがく》する。

イミカン――それは、ユルドゥスの中でもっとも顔は良い男だが、もっとも結婚したくない男として輝いているリュザールの兄である。

イミカン・エヴ・ファルクゥ。リュザールの三番目の兄で、二十八歳。

趣味はタンブールという弦楽器を弾くこと。他にも、複数の楽器を持っており、宴会などで素晴らしい演奏を披露する。

ファルクゥ家の中で一番の美貌を誇っていた。だが、一日中寝てばかりで、成人の儀の時に父メーレから贈られた羊も、世話をしきれずに狼に襲われて大きく数を減らしてしまった。

そこから、諦めの境地に至ってしまったのか、羊を売り払って楽器に替えてしまったのだ。

以降、財産のないイミカンの嫁になりたいと思う者はいなくなった。

そんな彼は現在、両親の移動式家屋の背後に家屋を構え、リュザール同様一人で暮らしている。

イミカン自身は明るく気の良い青年ではあるが、いかんせん労働を厭《いと》う。

彼の生活は両親や次男夫婦が支えているという、なんとも情けない話であった。

「いや、三兄《さんにい》の嫁にするって……」

「彼女は持参品を持っていないだろう？　イミカンも返礼を持っていない。ちょうどいいかと思ってな」

草原に住む者達は、結婚をするさいに品物を交わし合う。

女性は織物《キリム》や穀物袋《チュワル》、運搬用袋《ヘイベ》、毛布、布団、ゆりかごなどの日常に使う物を持参品とする。

男性は花嫁の実家に、羊や山羊、驢馬《ロバ》、馬などを返礼品として渡すのだ。

「いや、彼女には返礼品を渡す相手がいないだろう？　だから、別に三兄でなくても……」

「しかし、持参品なしで嫁入りを受け入れる家など、ないだろう」

結婚したら、新しい家屋が贈られる。そのままでは生活できない。そのため、花嫁の持参品を使って家の内装を作るのだ。

娘が生まれた家では、一歳に満たない時から持参品の準備を行う。

草原に生きる娘を花嫁にするためには、多大な時間と持参品が必要なのだ。

アユが、リュザールのダメ兄貴と結婚する。その事実は、どうしてか落ち着かない気分にさせる。

メーレは説き伏せるようにアユに言った。

「すまん。不肖の息子であるが、イミカンに嫁いでくれるだろうか？」

ちらりとアユの顔を見る。感情の読み取れない無表情であった。

アユはリュザールが助けた。彼女がどう在るべきか見守ると言ったのに、三番目の兄イミカンの妻となると。

それは、面白くないことであった。

メーレはアユに手を差し出す。それは、婚姻の契約を了承するか否かの確認である。

差し伸べられた手を――アユはじっと見下ろしている。

アユがメーレに手を伸ばす前に、リュザールは手を取る。

「リュザール？」

「どうしたのですか、我が息子リュザール？」

イミカンとアユの結婚は面白くない。

それを妨害するためには、リュザール自身がアユと結婚するしかなかった。

「彼女と結婚するのは、俺だ」

メーレとアズラは目を丸くしていた。リュザールが精霊の祝福に加え、持参品もない娘との結婚を決意したことに対して驚いているのだろう。

「お前……いいのか？」

「生活用品は、返礼で渡すつもりだった羊を売って買えばいい。祝福は、俺の精霊石があるからいいだろう」

精霊石――それは、精霊の祝福を受けた者が手のひらに握って生まれ持つ石である。

宝石のような美しい石で大小はさまざまだが、だいたい小指の爪よりも小さい。

リュザールの精霊石は親指の爪よりも大きく、エメラルドのような澄んだ緑色をしている綺麗な菱形だ。

精霊石は精霊からの祝福の証である。ユルドゥスの者達は結婚のさい、精霊石を交換するのだ。さすれば、互いの祝福の力が使えるようになる。

リュザールの精霊石をアユが持っていたら、祝福の力を使えるようになるのだ。

「だから、別にいいだろう？」

握った手を離さずに、リュザールは両親をまっすぐに見ながら言った。

「しかし、リュザールには、コークス家の炎の娘との婚姻を考えておったのだが」

エシラ・コークス。十六歳。炎の大精霊の祝福を持つ海岸の町の娘である。

商家の娘で、気が強く嫁の貰い手がつかなかったのだ。

エシラとリュザールは幼い頃から何度も顔を合わせており、知らない仲ではなかった。

持参品は十分にある上に実家からの支援も受けられる、またとない条件の良縁だったのだ。

しかし、リュザールは断った。顔を合わせたら喧嘩《けんか》ばかりで、夫婦生活が上手《うま》くいくと思えなかったからだ。

「コークスの主に、なんと説明すればいいのか」

「結婚は無理だって、本人に直接言っているし、わかっているだろう」

「だが――」

「わかりました」

リュザールの母、アズラがすっと立ち上がる。

アユを指差し、あることを提案した。

「私が今から、リュザールの嫁に相応《ふさわ》しい娘か否か、試験します」

「は⁉」

アズラが認めることができたら、コークス家にも角が立たないように説明できるという。

「母上、いったい何をさせるというんだ？」

アユは羊飼いの娘である。幼い頃から武芸を叩き込まれるユルドゥスの女性のような、腕っぷしなどない。

「草原の民の妻たるもの、家族がお腹《なか》いっぱいになるための努力をしなければなりません」

そのために必要なのは、食材調達と調理の腕。

アズラはアユに課題を出す。

「草原で食材を探し、料理を作ってもらいます。そして私の舌を唸《うな》らせたら、この結婚を認めましょう」

アユはリュザールの母アズラの提案に対し、じっと顔を見つめる。

それは羊飼《ハルトス》いの一族の、同意を示す視線である。

「おい、お前、そんな安請け合いして大丈夫なのかよ⁉」

ここで、リュザールの両親が不思議そうな表情となる。アユの視線の意味に気付いていないからだ。

「リュザール、彼女は同意したのか？」

「まだ、何も言葉を発していませんが？」

「あ、こいつ、ハルトスの民は、喉を大事にしているから、あまり喋らないらしい。同意する時は、相手の目を見るだけなんだ」

「ああ、なるほど」

「理解しました」

アズラはアユの目の前に片膝を突き、じっと顔を覗き込む。

「即決していたとは。いい度胸です。気に入りました」

「お、おい！」

アユには何か勝てる要素があるのか。念のために聞いてみる。

草原での食材調達といったら狩猟しかない。馬に跨り、弓矢や鷲を使って野生動物を狩るのだ。

「お前、こう見えて、狩猟の名人なのか？」

「狩猟は、したことがない」

「はあ⁉」

アユの細腕で弓の弦を引けるようには見えなかったが、案の定だった。

「え、じゃあ、肉の調達はどうしていたんだ？」

「織物と、交換で」

「我が息子リュザールよ、ハルトスの絨毯は高級品ですよ」

「あ、そうか」

同じ遊牧民でも、暮らし方は違うのだ。

「馬は？　一人で乗れるのか？」

「驢馬だったら、乗れる」

「驢馬!!」

驚きのあまり、リュザールは「驢馬」と叫ぶことしかできなかった。

そんなことを話している間に、アズラは食材調達のための準備を整えていた。

アユの目の前に大判の布を広げ、一つ一つ並べていく。

「革袋、短剣、手袋、弓と矢、手巾……と、こんなものですか」

弓はアユの首にかけ、矢は花嫁衣装のベルトに吊るす。

「ユルドゥスの花嫁衣装には、矢筒を吊るせる仕掛けがあるのですよ」

アズラは自慢げに語っていた。アユは無表情で聞いている。

「では、行きましょう」

「本気なのか!?」

「もちろん。彼女《アユ》の目は、本気です」

リュザールはアユを見る。しっかりと立ち、まっすぐな目を向けていた。

出会った時の、虚ろな目ではない。流されず、自分の意思を持って行うようだ。

「お前、もしも失敗したら、三兄……イミカンと結婚する気なのか？」

リュザールの問いかけに、アユはきっぱりと答えた。

「できなかった時のことは、考えない」

そう言って、出入り口のほうへと向かった。リュザールもあとを追う。

外に一歩出たアユは、ピタリと立ち止まった。

「わっ！」

その背中に、リュザールはぶつかってしまう。

「おい、お前、いったい——」

どうしたのか。その問いに対する答えは、すぐ目の前に広がっていた。

ユルドゥスの者達が、出入り口に集まって聞き耳を立てていたのだ。

「な……何をしているんだ!!」

リュザールが怒鳴ると、集まっていた者達は散り散りとなる。

外部からの接触を最低限にしており、神秘的な印象があるユルドゥスであるが、実際はそんなことなどない。皆、好奇心旺盛で、明るい者が多いのだ。

「まったく……」

リュザールはぼやきながら、家屋の裏手に繋いでいる驢馬のもとへと連れて行った。

そこには、昼寝をしている驢馬がいた。

「こいつ、三兄の驢馬。見てのとおり、大人しいがぐうたらだ」

驢馬も羊や山羊と同じように放牧される。だが、この驢馬はいくら牧用犬が吠えても動かないという豪胆さの持ち主なのだ。飼い主であるイミカンによく似ていると、噂《うわさ》になっている驢馬であった。イミカンもまた、両親や兄弟がいくら怒っても、働こうとしない。

「今、ここにいる驢馬はこいつだけだ。動くかわからないけれ――」

どれだけ引っ張っても、言うことをきかない驢馬である。使えるのかどうか。わからないと言おうとした刹那、リュザールは言葉を切る。

驚くべきことに、アユがちょっと耳元で何かを話しかけただけで、驢馬はすっと立ち上がったのだ。気のせいかもしれないが、顔付きもいつもよりキリリとしている。

「は？　お前、今、こいつになんて言ったんだ？」

「お手伝いを、してほしいと」

返事をするように、驢馬はヒーハー！　と鳴いた。

「すげえ。ってか、鳴き声初めて聞いたし」

アズラが驢馬用の鞍を持ってくる。装着はアユが行った。

どうやら、アユは本当に驢馬と共に出かけるらしい。

アユは慣れた様子で驢馬に跨り、リュザールを振り返って言った。

「行ってくる」

「あ――いや、待て。俺も行く」

アズラには手を出さないことを約束し、リュザールは馬に跨ってあとを追った。

第二章　花嫁になるために

どこまでも広がる広大な草原を、驢馬《ロバ》はのんびりと進んで行く。

リュザールの頭上を、鷲《わし》がくるくると旋回していた。

今から狩猟をすると勘違いしたのだろう。腕を上げ、鷲に指示を出す。好きにしてもいいと。さすれば、鷲はリュザールの腕に下りてきた。

「重たいんだよ、お前……」

ずっしりと重い鷲に肉を与え、空に放した。

黒鷲はアユとリュザールが進む方向とは逆に飛んで行った。

少し離れた場所に、兎がぴょこんと跳ねた。リュザールは教えてやる。

「おい、あそこに兎がいる」

「兎……」

兎は年に三回、平均して四羽くらいの子を産む。野生の鹿や野鳥などは夏の狩猟を禁じられていたが、多産の兎はいつでも狩っていいことになっていた。

アユも兎を捉えたようだ。兎との距離は七米突《メートル》ほど。幸い、兎は気づいていない。

「狙うなら今だが――ん？」

その背後に、兎を狩ろうとしている狐《きつね》がやってくる。二体の獲物が目の前に現れるという、絶好の好機だった。

リュザールだったら、すぐに鷲を飛ばして狐を狩らせ、兎は矢で射る。

しかし、アユは違った。ぼんやりと、弱肉強食の世界を眺めるばかりであった。

無理もない。彼女は、羊飼いだったのだ。

そうこうしているうちに、狐の狩りが始まった。狐は兎を追い、兎は体を弾ませて逃げる。結果——兎は巣穴へと潜り込み、狐の狩りは失敗に終わった。

「おい、見たか？　食材調達は、難しいんだよ」

彼女の視線は、まっすぐ草原にある。その横顔には、諦めの色はいっさい浮かんでいなかった。

アユはしばらく驢馬を歩かせ、途中で下りる。何をするのかと思っていたら、香草を発見したようだ。

「おい、それはなんだ？」

「デレオトゥ。魚料理と相性がいい」

ふわふわと羽根のようになっているディルとも呼ばれている葉を、アユは摘みながら説明した。

続いて、集落の近くにある湖に足を運ぶ。

ここの水は、ユルドゥスの生活用水としても使われている。水の中を覗《のぞ》き込むと、スイスイと淡水魚が泳いでいた。

「魚を捕まえることができるのか？」

「ううん、捕まえたことない」

リュザールはガクッと肩を落としたのと同時に、足をすべらせて危うく湖に落ちそうになった。

「危なっ！」

「……」

風は穏やかに吹いている。静かな時間だけが過ぎていった。

「魚があったら、香草焼きが作れるけれど……釣り具がないから、無理」

「俺達も、あんま魚釣りはしないな」

遊牧民は忙しい。そのため、ゆっくり魚を釣っている暇などないのだ。

「……」

「……」

静かな水面を、リュザールとアユは見つめている。遠くのほうで、ぽちゃんと魚が跳ねた。

アユは目を細め、その様子を眺めていた。

沈黙に耐えきれなくなったリュザールが、アユに問いかける。

「あのさ、お前さ、本当に、やる気ある？」

「何が？」

「母上の課題を、及第する気があるのかって話」

「それは、もちろん」

即答だったが、新たな動きを見せる様子はない。じっと、湖を眺めている。

「お前、結婚する相手、実は三兄でもいいとか思っていないか？」

「なんで？」

「必死感がない」

アユを見ていたらなんとなく、結婚するのはぐうたら兄と自分と、どちらでもいいみたいな態度に見えたのだ。

「逆に、リュザールは私と結婚したい？」

「は？」

「持参品もなくて、精霊の祝福もない人と一生を誓うなんて、嫌でしょう？　普通は」

通常、遊牧民の結婚は個人と個人というより、家と家の繫《つな》がりを作る意味合いが強い。

財力があり、顔の広い一族と結婚したら、ユルドゥスの繁栄にも繫がる。

「親がこいつと結婚しろって言って連れてきた相手が、持参品もない、祝福もない女だったら、まあ、微妙だなとは思うかもしれない。でも、お前は、俺が見つけて、ここに連れてきたから」

「義務？」

「強いて言ったら」

そもそも、ファルクゥ家は現在、兄のうちの二人が、裕福な一族と良縁を結んでいた。

祖父の代に比べたら、ずいぶんと豊かな暮らしとなっている。

「だから、俺は別に一族の力を強める結婚は強制されていない」

むしろ、今以上に大きくなったら、姿を隠すことは困難になるだろう。

だから、大商人であるコークス家の娘との縁談を断っても、何も言われなかったのだ。

「俺の母親は、侵略者の一族だった。父親と出会ったのは、遊牧民の集落が燃える炎の中だったんだと」

リュザールの母アズラは運悪く捕虜となり、囚《とら》われたユルドゥスの集落の中で贖罪《しょくざい》の日々を過ごしていた。

「それで、いろいろあって、父親と結婚した」

遊牧民の中では珍しい、恋愛結婚だったのだ。

「だから俺も、持参品を受け取って、返礼品を渡してっていう結婚に、実感が湧かないんだと思う」

アユに対する気持ちは、恋などではない。生まれ育った家族に売られ、立ち寄った先で襲撃に遭《あ》い、親戚である男に見捨てられてしまった。

それらのことから、気の毒な娘だという同情が強い。

義務と同情。

自分を突き動かす感情はこの二つであると、リュザールは考えている。

だから、アユと結婚すると決意した。しかし、それに待ったをかけるのはアユであった。

「あなたの人生は、あなたのものだから。衝動的に、物事を決めてはいけない」

その言葉に、ムッとする。

確かに、イミカンと結婚すると聞いてアユの手を取ったことは確かだが、考えなしに決めたわけではなかった。

「このまま結婚したら、あなたは絶対後悔する」

「なんとも思っていない相手に、軽い気持ちで結婚しようとか言うかよ」

「でも――」

「ごちゃごちゃとうるさいな。一目見た時からピンときていたんだ。いいから俺と結婚しろよ!」

早口で捲《まく》し立てるように言ってからハッとなる。

なんだか、とんでもなく恥ずかしいことを言ったような気がした。何を言ったかは、思い出したくもない。咄嗟《とっさ》に浮かんだ言葉を、言ったまでだった。

アユと見つめ合う形になり、顔が沸騰した湯のように熱くなる。

「あ、いや、今のは――」

「わかった。リュザール。私は、あなたのために、頑張る」

アユは急に立ち上がり、湖の近くにあったオリーブの樹に登り始める。

まだ、オリーブは熟《う》れていない。草原を見渡し、何か食材を探しているのだろうか。

そんなことを考えているうちに、アユが樹から飛び降りてきた。

「うわっ！」

想定外の行動に、リュザールは驚きの声をあげる。見事、着地したアユは、手に何か握っていた。

「お前、何を握って――なっ!?」

アユが手に握っていたのは、茶色い蛇であった。人差し指ほど細く、小さな個体であるものの、立派な蛇である。

「お、おい。まさか、蛇を調理するんじゃないだろうな？」

「貴重なタンパク源」

「おい！」

アユは大家族の娘で、食料に困っていたのだろう。しかし、蛇まで食べていたとは。

手に持つ蛇は、アユの腕に巻き付いていた。

「お前、蛇平気なんだな」

「小さい頃から、蛇と戦ってた」

草原には、さまざまな蛇が生息している。その中に、毒蛇も多く含まれる。羊の群れと毒蛇が出合ってしまい、統率が崩れることも多々あったのだ。

そんな時、羊飼いが蛇を追い払う。

「それ、毒蛇じゃないだろうな？」

「これ、毒のない蛇」

そんな言葉を残し、アユは蛇を握ったまま驢馬に乗って移動を始めた。リュザールは、何も言わずにあとに続く。

驢馬は集落に戻らなかった。立ち止まったのは、何もない草むら。

アユは驢馬から下りて、しゃがみ込む。

「おい、どうした？」

リュザールも止まって馬から下りると、アユのしゃがみ込んだ場所には穴があった。

そこに、蛇を滑り込ませる。先ほど見つけた兎の巣穴のようだ。

立ち上がったかと思ったら、少し離れた場所にある巣穴の前にしゃがみ込む。

数分後——兎がひょっこりと顔を出した。すかさず、アユは兎を捕獲する。

すぐに、足を縛って、近くにあった木に吊《つ》るした。迷いのない手つきで兎の頸動脈《けいどうみゃく》を切り、血抜きする。その後、内臓を抜き取り、外套《がいとう》を脱がすようにするすると毛皮を剥いだ。

瞬く間に、肉を得た。アユは吊るした兎を手に取って、リュザールに見せる。

「兎の肉」

「お、おう」

蛇は食用ではなかったようだ。

その後、アユは薬草や香草を摘み、数種類のキノコを発見したのちに集落まで戻る。

「お前……すごいな」

二時間ほどで蛇を使って兎を捕らえ、その辺に生えている植物を集めた。アユは普段から、このようにして食材調達をしていたのだろう。

「お腹《なか》が空《す》いている弟や、妹達が可哀想《かわいそう》だから。蛇も、解体してしまったら、ただの肉。みんな、美味《おい》しい、美味しいって言って、食べていた」

「もしかして、教えないで食わせていたのかよ」

「知らないことが、幸せなこともある」

蛇肉は淡白な味わいで、臭みはない。食感は鶏肉《とりにく》に近く、柑橘汁《かんきつじる》を搾って食べると美味だとアユは淡々と語る。

「……もしも、蛇肉を料理に使った時は言えよ」

「蜥蜴《とかげ》は？」

「蜥蜴も食うのか！　他にも、変な物を食っているんじゃないだろうな？」

「鼠《ねずみ》とか？」

「……」

鼠はその辺にいるものではなく、行商が売っているような食用鼠らしい。

「鼠肉って、売っているのを見たことないが」

「とても美味しい。小骨が多くて、食べにくいけれど」

「……」

落とし穴を掘って、仕留めていたとか。運がよかったら、兎が落ちていることもあるという。

「お前、結構狩猟できるじゃないか」

そう言うと、アユは首を横に振った。

「大半は、失敗ばかり。一か月に一回か二回、成功したらいいほう。この成功率では、できると言ってはいけない」

蛇を使った兎猟は初めて行ったらしい。運がよかったとしみじみと言っている。

「蛇を見つけたら、狩猟で使う前に、まず食べる」

「なるほどな」

アユの見た目は繊細そうなのに、意外と肝が据わっているようだ。

そうこう話しているうちに、陽《ひ》が沈んでいく。

地平線へと消えていく太陽は、草原を黄金色に染めていた。

そして、ユルドゥスの集落に戻る。今度は風の結界の洗礼は受けなかった。

「お前のこと、大精霊様は認めているみたいだ」

「そう、よかった」

驢馬は元いた場所に戻す。リュザールは驢馬への褒美として、乾燥した林檎《りんご》を与えた。

食べ終えたあと、驢馬はすぐに横になる。

「こいつは……」

「頑張ってくれた」

「まあ、そうだが」

今はそれどころではない。驢馬は放っておき、家屋に戻ることにした。

家屋から突き出す煙突からは、煙が上がっている。漂う匂いは、スープを煮込んだものである。

中へ入ると、リュザールの母アズラが夕食の支度をしていた。

「戻りましたか」

「ああ」

父メーレは一族の報告会という名の、飲み会に出かけたらしい。

花嫁に関する試験は、すべて妻に任せるつもりのようだ。

家屋の内部には煙突付きの囲炉裏があり、煮炊きができるようになっている。

食事をする時は、底が平らな大きな鍋を卓子《テーブル》代わりにして、上から大判の布を被《かぶ》せて食卓《ソフラ》にするのだ。

「アユ、食材は手に入りましたか？」

アユはじっと、アズラを見る。

「なるほど、食材はあったと。挑戦を受けるだけありますね」

どうぞと、調理台を譲ってもらう。アユはすぐにしゃがみ込み、料理を作り始める。

まず、革袋から兎肉を取り出す。解体してすぐに、臭み消しの香草を揉《も》み込んでいたものだ。

「ほう、兎を狩ったと。しかし、弓矢は使えないと言っていましたが？」

「こいつ、蛇を使って兎を捕ったんだ」

「蛇で猟ですか。初めて聞きました。お見事です」

親子の会話に反応することなく、アユは黙々と料理を作る。

まずは、香草ごと兎肉を包丁で叩《たた》き、挽き肉を作った。途中から、キノコと香草も追加する。

途中で、袋からパンを取り出す。それは、リュザールからもらった、トウモロコシのパンの余りだ。それを細かく砕き、兎の挽き肉の中に入れて繋ぎにして練る。

粘りが出てきた挽き肉の生地を一口大に丸めて、オリーブオイルをひいた鍋で焼いた。

表面に焼き色が付いたら水を入れて、蒸し焼きにする。

火が通ったら――『兎肉の肉団子《キョフテ》』の完成だ。

アユは草原で摘んだ皿代わりの葉に、キョフテを載せてアズラへと差し出す。

「まずは、我が息子リュザールから」

「いや、なんで俺から？」

「毒味です」

アユの料理の腕は、今朝がたの朝食で知っている。毒味するまでもなかったが、アズラに突《つつ》かれたので、食べることにした。

まずは、食前の挨拶を交わす。

「その料理があなたの健康にいいように《アーフィエット・オースン》」

アユの言葉に、リュザールも同じ言葉を返した。

「その料理があなたの健康にいいように《アーフィエット・オースン》」

じっと見つめるアユと目を合わせていられず、リュザールは顔を逸《そ》らしながらフォークを握る。

キョフテを突き刺し、食べた。

「――むっ⁉」

嚙《か》んだ瞬間、香草と肉のスープのような肉汁が口の中に溢《あふ》れる。

肉の甘みと旨《うま》みが肉団子の中に、ぎゅっと集まって閉じ込められていたのだ。

嚙めば嚙むほどに、味が深まる。肉は少々歯ごたえが強かったが、味は絶品だ。

加工された香辛料は使わず、自然の食材のみで作っているので、驚いてしまった。

文句なしに美味しい。

リュザールは無言で、母親の前に肉団子を差し出した。

アズラも、息子のよくわからない反応に首を傾《かし》げながらも、キョフテを頰張る。

「んん⁉」

くわっと、目が見開かれた。その後、眉間に皺《しわ》が寄り、無言で食べ続ける。

アズラがごくんと飲み込んだのを見届けたあと、リュザールは質問した。

「どうなんだよ？」

「最高に美味しいです。文句の付け所がありません」

どうやら、アユの料理は合格点をはるかに超えたものだったらしい。

アズラは居住まいを正し、アユに語りかける。

「食材調達力に、この料理の腕は、精霊の祝福に値するものでしょう。素晴らしい。あなたは、これらを誇ってもいいでしょう」

「！」

「アユ、あなたを、我が息子リュザールの花嫁として、認めます」

アズラがそう言った途端、アユの眦《まなじり》からホロリと涙が零《こぼ》れる。

反応を見るからに、結婚できることが嬉《うれ》しいのではなく、食材調達や料理の腕を精霊の祝福と同じくらい素晴らしいものだと褒められたことが、涙腺を刺激したのだろう。

◇◇◇

アユは無事、リュザールの母アズラに花嫁として認められた。

「無事に、我が息子リュザールの花嫁が決まって安堵《あんど》しました。いろんな娘を薦めたのですよ。中には、結婚にかなり乗り気な娘もいて、どれだけ心を痛めたか」

「受け入れるのも、断るのも自由だって、最初にそっちが言ったんだろう？」

「そうですけれど、まさか、こんなにも結婚相手選びに慎重だとは、思わなかったのです」

リュザールは昔から物わかりの良い子どもだったらしい。花嫁も、きっとすぐに決まるだろうと、アズラは考えていたのだとか。

「花嫁は生涯に一人だけだ。慎重にもなるだろう。父上みたいに再婚する物好きは稀《まれ》だ」

「あなたは、その、物好きのおかげで生まれたのですからね」

「そうだけど」

持参品と返礼品を交わさない都の者達は、一夫多妻で暮らしている。

生涯一人の妻しかもたないユルドゥスの男達にとっては、信じられないような話であるが。

「他の遊牧民は伴侶と死別した場合、返礼品を用意できる者は再婚する。しかし、ユルドゥスは、それができないようになっている。と、いうのも――」

リュザールはチラリと、アズラのほうを見た。アズラもコクリと頷《うなず》く。

アズラは頭に被っていた帽子を脱いで、前髪を上げる。

額を見たアユは、ハッと息を呑《の》んでいた。

額に、小指の爪ほどの大きさで円形の宝石がはめ込まれていたからだ。

「――と、このように、夫婦となった者は精霊石を交換します。そして、巫女《みこ》を交えた儀式で、このように額に埋め込むのです」

夫婦は互いに祝福の力を分け与え、さらなる力を得る。

「精霊石は頭蓋骨にまで埋め込まれ、死んでも外れないようになっているのです」

しかし、リュザールの父メーレの精霊石は、前妻が死した瞬間に彼女の額からポロリと外れたのだ。

メーレの額の精霊石はそのまま残っている。彼は、額に二つの精霊石を付けているのだ。

その結果、メーレは歴代最強の大きな力を持つ族長となった。

「このような事態は初めてで、巫女は新しい妻を娶《めと》れという精霊の導きだと読み取ったようです」

そして、メーレは前妻の死後にアズラと出会い、結婚した。

以降、ユルドゥスは更なる発展をし、大きくなっていった。

「このままだと、草原の民の均衡が崩れる。そんなところまで、ユルドゥスの規模は拡大していた。父上もこれ以上の発展は望んでいない。だから、俺の結婚は重要ではなかったんだ」

そして、リュザールは祝福と持参品のないアユを選んだ。

この先どうなるかわからないが、可能な限り彼女のことは守ろうと思っている。そう、リュザールは告げた。

「精霊石の話が出たついでに、ユルドゥスの結婚について説明いたします」

「外から来た奴らが口を揃えて言うんだが、うちの結婚は変わっている」

ユルドゥスの結婚は、遊牧民のものと異なる文化がある。

まず、調停者たるユルドゥスの結婚は、夫婦となるための契約だ。

互いの精霊石を交換し、将来を誓い合う。

「たまに、精霊が伴侶を認めない場合、精霊石が額に付かないことがある」

さすがの精霊も結婚式の日までに、花嫁渾身《こんしん》の猫被りを見抜けない場合もあるようだ。

「もしも、精霊がお前を花嫁と認めなかったら、この結婚はなくなる」

アユはじっとリュザールを見る。すでに、覚悟はできているのだろう。

「まあ、その場合も、心配するな。俺が……どうにかする」

「我が息子リュザール、あなたが彼女の婿探しをするのですか？」

「え？」

「どうにかするとは、婿探しのことでは――ないようですね」

「俺がここに連れてきたんだ。面倒は最後まで見る」

とにかく、アユの身柄はリュザールが預かっている状態なので、安心するように言っておいた。

「それで、結婚が精霊に認められた先なんだが、夫婦となった二人は一年もの間互いに精霊を伴侶とするんだ」

それはどういうことなのか。そう言わんばかりに、アユは小首を傾げていた。

無理もない。精霊石の交換に続き、この決まりはユルドゥス独自のものであった。

「結婚して一年は、家に精霊がいるものと想定し、食事や挨拶を交わす」

「実体のない、精霊と？」

「そうだ」

集落にいる間に限定するものの、食事は毎食三人分作り、一日の終わりは精霊に一日の報告をする。

もちろん、精霊は目に見える存在ではない。

だが、一年もの間、ユルドゥスの者達は精霊とともに生活をするのだ。

「精霊のために用意した食事は、巫女に持って行く。毎日だ」

その間、本来の夫婦がなすべき営みはできない。

「本来の夫婦がなすべき営み？」

アユはピンときていないようで、リュザールにそれはなんだと質問する。

「そ、それは……」

「わかりやすく言ったら、子作りですね」

「ああ、なるほど」

アズラの説明で、アユは理解できたようだ。

「初夜は一年後です。ユルドゥスの夫婦は、皆守っています。その日々を過ごす中で精霊への信仰心をさらに高め、夫婦の絆《きずな》も作り上げるのです」

ただ、とアズラは言葉を付け足す。

「まあ、人目を盗んで手を握ったり、口付けしたりする程度なら構わないでしょう。もちろん、家の中では禁止ですが」

そんな掟《おきて》破りともいえる助言に、リュザールは目を剥《む》く。

「母上、もしかして、その、父上とそういうことをしていたのか⁉」

「両親のそういう話を聞きたいですか？」

「き、聞きたくない！」

母子のやりとりを見たアユは、わずかに表情を綻ばせている。

「我が息子リュザール、あなたのせいで、笑われたではありませんか」

「いや、違う。今のは母上のせいだ」

「責任転嫁ですか。まあ、とにかく、上手《うま》くやりなさいということを言いたかったのです」

一年間の精霊との生活はあるものの、多少のことは見逃してくれるようだ。


メーレが宴会から戻ってきたあと、再びリュザールの結婚について話し合う。

「父上、まず、彼女に額の精霊石を見せてくれないか？」

リュザールに頼まれたメーレは、頭を覆うように巻いていた布を外した。

前髪は後ろ髪のほうへと撫《な》で上げており、額には三角形のエメラルドと楕円形《だえんけい》のルビーが上下に並んで付いていた。

「赤い石が私の炎の精霊石で、緑の石がリラさんの風の精霊石です」

リラというのは、メーレの前妻の名である。

「精霊石のことは、他言無用です」

アユがじっと見つめたので、アズラは満足げに頷いた。

「そして一点、聞きたいことがあります。あなたは、何ができるか、です」

ユルドゥスの女達は幼い頃より武芸を叩き込まれる。集落は精霊の結界で守られているが、万が一のことを考えて家族を守る力を付けているのだ。

それから精霊の力を借りて、家事を行う。ある者は洗濯物を風の精霊の力で乾かし、ある者は火の精霊の力で調理時間を短縮する。水の精霊の力を使う者は、湖に行かずとも生活用水を調達できるのだ。

一方で、アユはどの精霊の祝福も持たない。

「先ほども言いましたが、料理は大した腕でした。それは、あなたの努力で得た、祝福です。聞きたいのは、それ以外に得意なことです。織物《キリム》は織れますか？」

「一通りは。自分の持参品は、完成させていたから」

「その持参品は、どうしたのですか？」

ここで発覚したのは、アユの気の毒な事情であった。

彼女は母親や祖母と一緒に、幼少期より持参品を作っていたらしい。

十一の頃には、最低限の品々が揃っていたとか。

祝福のない娘であるが、普通の人より持参品が多ければ娶ってもらえるかもしれない。

そう思って、持参品が揃ってからもせっせ、せっせと絨毯《じゅうたん》を織っていたらしい。

しかし——。

「私が十四の時に、家族の半分が、流行《はや》り病にかかった。薬を買うために、絨毯は売り払ってしまった」

十四歳という結婚適齢期後となっても、アユに結婚の申し入れはなかった。

家族も本人も結婚は難しいと思っていたので、持参品の一部を手放すことになったのだ。

その時は数枚の小さな絨毯を売りに出すばかりであったが、今度は別の問題が浮上する。それは、火の不始末で火事を起こしてしまい、刈ったばかりの羊毛の一部を失ってしまったのだ。

羊毛がなければ、羊飼いは生活できない。困り果てた結果、生活費を得るためにアユの一番大きな絨毯を手放すことになった。

「そんなことが何回か続いて、二年で持参品はなくなってしまい——」

淡々と語るアユの肩を、アズラは抱きしめた。

「なんて、不憫《ふびん》な子なのでしょう。不幸があって家族のもとを離れることになり、しかも、こんなにやせ細っているなんて……」

肉をたくさん食べさせなければと、アズラはブツブツ呟《つぶや》いている。

「わかりました。料理と絨毯が作れるのであれば、花嫁としての素質は申し分ないでしょう」

現在、リュザールは三十頭の羊と二十頭の山羊《やぎ》、駱駝《らくだ》二頭に鵞鳥《がちょう》などの家禽《かきん》が数羽、馬に犬、鷲を所有している。

財産である家畜は、そこまで多くない。

結婚するまでに、返礼に使う羊を増やさないといけなかったのだが、去年、繁殖に失敗して数は大きく増えなかった。

　家畜の世話はリュザールがしているわけではない。侵略者の一族に襲われ、生き残った兄弟を一年前から雇っていた。

　兄の名前はセナ。十三歳の大人しい少年だ。八歳の弟の名前はケナン。やんちゃな性格である。兄弟はユルドゥスの巫女の庇護《ひご》を受けながら、羊飼いの仕事で得た収入でひっそり暮らしている。リュザールは普段、行商の護衛や買い出しをしたり、他のユルドゥスの集落に行って意見交換をし合ったりと、さまざまな仕事を行っている。

「――とまあ、こんなもんだ」

　話が終わったのは、日付も変わるような時間だった。

「巫女の風呂《ハマム》に行きたかったが……もう、やっていないな」

　ユルドゥス独自の文化として、移動家屋式の風呂が集落の中心地にある。

　巫女が精霊の力を借りて水を溜《た》め、炎で沸かし、調合した薬草を湯に溶かす。全身磨き上げ、体の疲れを汚れとともに落とすのだ。

「もう、巫女は眠っているだろう。明日の早朝、挨拶がてらに行ったらいい」

　メーレの言葉のあと、解散となる。

「さて、では、あなた達はしばらく二人で仲良くしていてください」

　そう、アズラが言った二人とは、メーレとリュザールであった。

「は？」

「なぜだ？」

「結婚前の男女を一緒にするわけにはいきませんから。それに、ここで結婚式の準備をするので」

結婚式は急ではあるものの、明後日《あさって》の夜にすることになっていた。

大変な準備があるからと、リュザールとメーレは追い出されてしまった。

「朝と夜、食事は用意しますので」

それ以外、立ち入ることは許さないという牽制《けんせい》でもあった。

暗い中に、親子は並んで立つ。

「……」

「……」

虫の鳴き声が、いつもよりうるさく感じてしまった。

「リュザール、お前の家、火鉢はあったか？」

着の身着のままで追い出されたメーレは、腕を摩《さす》りながら尋ねる。

初夏であるが、草原の夜は冷える。

「いや、ない」

「し、死ぬぞ」

「夏に凍えて死ぬかよ」

今晩はくっついて眠っていいかとメーレに聞かれたが、リュザールははっきり無理だと断った。

◇◇◇

アユに出会ってから、一気にいろいろなことが起こった。

侵略者の一族に勘違いされ、男から命乞いをされた挙句、娘――アユを差し出された。

ユルドゥスの夏営地《ヤイラ》に戻ったら、一族の者達から嫁を連れ帰ったと勘違いされる。

それは、母親が注文していた花嫁衣装を着ていたせいでもあるが。

アユが今纏《まと》っている花嫁衣装は、リュザールの花嫁のために用意した品だったらしい。

花嫁衣装を用意して、発破をかけるつもりだったとか。

なんて恐ろしいことを考えるのか。頭が痛くなる。

突然決まった結婚であったが、不思議と嫌ではなかった。

アユは空気のような少女で、自己主張がない。けれど、言うべきことははっきり言う。

その辺は、気に入っていた。

それに、料理が美味しかった。これで、義姉《あね》の口に合わない料理から解放される。

これからは一人ではない。アユがいる。家族を養うため、今まで以上に頑張ろうと胸に誓った。


翌朝。背中に温もりを感じて、リュザールは目覚める。

いつもならば寒さで目を覚ますのに、今日は違った。

そうだ、結婚をしたんだった。そう思いながら寝返りを打つと、隣に濃い髭面《ひげづら》の男がすうすうと穏やかな寝息を立てていた。

「うわあ!!」

悲鳴をあげながら、ふと思う。まだ、結婚していないんだった、と。

隣で寝ていたのは、父メーレだった。心地よい温もりは、父親のものだったのだ。

「あ〜、なんだよ!!」

頭を掻《か》きむしりながら、声を上げてしまう。最低最悪の朝だった。

幸い、リュザールがどれだけ叫んでも、メーレは目覚めなかった。

起き上がると、まずは着替えを行う。昨日、風呂に入っていないので、体を拭くことから始めた。朝の草原は季節を問わずに冷え込む。手巾に水を浸《つ》けて絞ったもので拭いたが、冷たくて全身に鳥肌が立った。

着替えは詰襟の白い長袖に、膝下まで丈がある袖のない紺色の筒型衣を着てベルトで締める。それから、仕事道具であるナイフや鷲の餌を手に取り、次々とベルトに吊るす。

頭には、フェルトで作った筒状の帽子を被った。これは、強い陽射しが照り付ける草原の太陽から頭部を守るためのものである。

夏の帽子は軽く、中には木綿の布が縫いつけてある。冬の帽子は、内部に兎の毛皮が内張りしてあるのだ。

外に出ると太陽の光を直接浴びて、目を細める。家屋のすぐ横に置いてある細長い壺《つぼ》から水を汲《く》み、顔を洗って歯を磨いた。

身支度が整った頃に、リュザールの黒鷲が今日の獲物を持ってくる。

「……ん、なんだそれ?」

いつもは兎か栗鼠《りす》を捕ってくる黒鷲であったが、今日は違った。

何やら、白い鼠のようなものを銜《くわ》えている。もしや、昨日アユが鼠は美味しいという話をしていたので、それを聞いて捕ってきたのか。

そこまで考えて、いやいやありえないと首を横に振る。

「おい、鼠は食わないぞ……」

どうだと言わんばかりに、誇らしげな表情を浮かべる黒鷲に言おうとしたが――よくよく見たら鼠でないことに気づいた。

「鼠じゃないな……あ、イタチじゃないか」

まだ子どものようで、体の大きさは成獣の半分ほど。そのため、リュザールは鼠だと勘違いしたのだ。

イタチは体臭が酷《ひど》く、毛皮作りには向かない。肉も食べられないし、草原で見かけても狩猟対象にはならない。

「これなあ……」

黒鷲が褒美をねだるように低く鳴いたので、リュザールは渋々と腰ベルトに下げていた革袋から肉を手渡す。

ゆっくり食べたいからか、黒鷲は遠くにあるオリーブの樹まで飛んで行った。

リュザールは足元でもたもたと動く白イタチを見下ろす。黒鷲は傷つけないように銜えていたようで、外傷はない。溜息《ためいき》を一つ落とし、イタチの子どもを革袋の中に入れた。

その後、父メーレを叩き起こし、朝食を食べるためにアユと母アズラの待つ家屋へと移動した。

家屋から、いい匂いが漂っていた。焼きたてのパンと、肉を煮込んだスープだとわかる。それをめいっぱい吸い込んだら、腹がぐうと鳴る。

家に入ると、食卓の上にはたくさんの食事が並んでいた。

アズラが、パンの入った籠を自慢するかのように見せてくる。

「今日は豪勢だな」

「アユが頑張ったのです」

通常、ユルドゥスでは朝食は火を使った料理は作らない。

だが、アユの実家では、女は早起きしてパンを焼くことを三日に一度行っていたという。

「このアユのパンは、今まで食べたどのパンよりも美味しかったのですよ」

アユが焼いたポアチャというパンは、ころりとした丸いパンだ。ほどよい焼き色がついていて、香ばしい匂いを漂わせている。

「皮はぱりぱりで、中はモチッとしていて歯ごたえがよく……」

アズラの話を聞いていると、再び腹が鳴った。

パンの隣に置かれたのは、レンズ豆のスープ《メルジメッキ・チョルバス》。

バターを落とした鍋に皮を剥いたレンズ豆とタマネギを入れて、火を通す。それに、すりおろしたニンジンとジャガイモを入れて、ことこと煮込む。それから更に、生クリーム《カイマク》を加え、塩コショウ、パプリカ粉を入れたら完成する手の込んだスープである。

「我が息子リュザールの好物であると教えたら、作ってくれたのですよ。感謝なさい」

アユがリュザールのために作った。その言葉を聞いて、ドギマギとしてしまった。

他にも、アグデニズ・サラタス——オリーブオイル、塩、レモンで味付けしたキュウリとトマトに白チーズを載せたものや、オリーブの塩漬け、メネメンという卵とトマト、ネギの入ったスクランブルエッグなどが並んでいる。

いつもはパンと白チーズ、トマトにキュウリに作り置きしたゆで卵という実にシンプルな朝食ばかりだった。

思いがけないご馳走に、リュザールは生唾をゴクリと飲み込んだ。

食卓の前に座ったところで、アユが家屋の中に戻ってくる。

手には、陶器と琺瑯《ほうろう》の二段重ねの紅茶《チャイ》ポット――チャイダンルックを持っていた。これは、下の琺瑯に水を入れ、上に茶葉を入れて蒸すように温める。沸騰したら湯を上の段に注ぎ、下の段には水を追加。茶葉が開ききったら完成だ。

まず、上の段の紅茶を注ぎ、下の段の湯でちょうどいい濃さまで薄める。これが、遊牧民式の古くからの飲み方だ。

アユと目があったリュザールは、ぎこちない様子で挨拶した。

「……おはよう」

「リュザール、おはよう」

挨拶を返したアユは、食卓に近づいて陶器のカップに紅茶を注いでいく。

朝食の準備が整ったようだ。

リュザールと両親は席について、食前の挨拶をする。

「その料理があなたの健康にいいように《アーフィエット・オースン》」

家長であるメーレがそう言えば、同じ言葉をアズラとリュザールが返す。

アユは食卓から一歩離れた場所で、その様子を眺めていた。

それに気づいたメーレは、不思議そうな視線を向けて話しかける。

「おい、どうした？　早く席につけ」

その言葉に、アユは首を傾げる。

「どうしたのです、アユ。早く食べなさい」

「私も、食べて、いいの？」

「いいに決まってるだろ。作ったお前が一番食べる権利がある」

リュザールの言葉を聞いたアユは、隣にちょこんと座って言った。

「その料理があなたの健康にいいように《アーフィエット・オースン》」

親子は声を揃えて、同じ言葉を返した。

「お前、なんであそこで見ていたんだよ」

「ハルトスでは、家族が食べたあとの残りを食べるから」

「は!?」

ハルトスではまず男が食事を取り、女は残ったパンの欠片《かけら》や冷えたスープを食べる。

それが、古くからのしきたりであった。

「なんだよ、それ。だからお前、そんなに腕がガリガリなのか？　力なんか出ないだろう？」

アユは自身の腕を見て、首を傾げている。

「摑んだ山羊の髭は、絶対に放さないけれど」

「案外力あるんだな」

山羊の乳を搾る際に、大人しくさせるため髭を摑むのだ。

ユルドゥスでは、山羊の髭を持つ役は男がする。

それ以外にも、力仕事は男の仕事だ。しかし、ハルトスでは違ったようだ。

「信じられん……」

「リュザール、女を大事にするのは、ユルドゥスくらいらしい。他は、女を物のように扱う」

「はあ!?　なんだ、それ!?」

メーレが言った話を信じられず、リュザールは瞠目《どうもく》した。

幼少時より女は男が守り、妻を娶ったら命よりも大事にするように言われて育った。

そんな女性に酷い扱いをする者達がいるのだと聞いて、言葉を失う。

リュザールに、アズラが語りかけた。

「ユルドゥスの女は幸せ者なのです」

「その話はもういい。スープが冷めないうちに、食べよう」

リュザールは今の言葉にイラつきながらも、パンとスープの器を寄せて食べることにした。

食卓には木製のフォークだけあり、匙《さじ》はない。スープに浸して食べるから必要ないのだ。

リュザールはパンを千切って、とろりとしたレンズ豆のスープに付けて食べる。

「――!」

あまりの美味しさに、目を見はる。

レンズ豆の旨みがぎゅっと濃縮しており、魚介などの出汁《だし》は使っていないのに深いコクがあった。一口、また一口と食べ進めるたびに、朝の冷気で冷え切っていた体がポカポカしてくる。

「ほう、これは、大した料理の腕前だ」

メーレは深く感心している。一方で、スープを作っていないアズラのほうが、誇らしげな表情を浮かべていた。

アユは黙々と食べ続ける。自分で作った料理なので、いつもの味なのだろう。

途中、リュザールは紅茶を飲んだ。これがまた、ほどよい濃さで美味しいのだ。

まずはそのまま飲んで、次に砂糖の欠片を落とす。すると、甘さによって紅茶の味が深まる。

食事中、リュザールは三杯も飲んだ。

アユの料理はどれも美味しく、満足のできるものだった。最後に、料理を作ってくれたアユに声をかける。

「美味しい料理を作ったその手が、健やかであるように《エルニゼ・サオルック》」

その言葉にアユはハッとするような表情を浮かべていたが、しだいに淡い笑みへと変わっていく。そして、リュザールに言葉を返した。

「その料理があなたの健康にいいように《アーフィエット・オースン》」

◇◇◇

朝食後、リュザールはアユを連れてユルドゥスの巫女の住まう移動式家屋に向かった。

巫女とは、調停者であるユルドゥスの守り手である。古くより、彼女達の加護によって安寧な暮らしがもたらされてきた。

巫女は、大きな精霊の力をその身に宿している。

というのも彼女らは生涯精霊の妻となり、その対価が強大な精霊の祝福なのだ。

現在、メーレの夏営地には、三人の巫女がいる。

風の大精霊の巫女――ニライ。

水の大精霊の巫女――デリン。

炎の大精霊の巫女――イルデーテ。

巫女はもともと、侵略者の一族に襲われ、身寄りがなくなった子がなることが多い。

強制ではなく、本人が望んで巫女になるのだ。

家も、家族も持参品さえも失った女達は、巫女となって生涯祈りを捧《ささ》げる。

そして、命を救ってくれた恩人であるユルドゥスを守るのだ。

そんな巫女の仕事は多岐に渡る。

「一番大変なのは、あれだ。新婚夫婦が精霊に作った料理を、巫女が食べなければならないのだが――」

そんな説明をしていると、家屋から一人の女性が出てくる。

四十代くらいのふくよかな女性で、アユを発見すると柔らかく微笑《ほほえ》んだ。

「まあ、みんなあんな体形になってしまう」

「リュザール、なんの話!?」

キッと睨《にら》まれたリュザールは、明後日の方向を向いて巫女の追及を躱《かわ》した。

巫女の家屋の中へと案内される。

内部の壁や床には、風、水、炎の大精霊を象《かたど》った精緻な織物が敷かれていた。

中心部には、祭壇のようなものもある。

色とりどりのガラスの欠片を張り付けて作った丸い灯火器《ランプ》が置かれ、部屋の中をより神秘的に見せている。

ここには三名の巫女と、侵略行為によって親を亡くした十名の孤児が暮らしているのだ。

現在、皆おのおの働きに出ている。炎の大精霊の巫女イルデーテは祈禱の時間で、水の大精霊の巫女デリンは、元気のない家畜を診ている。子ども達は、放牧に出かけた。

その中の二人は、リュザールの持つ家畜の世話をしている。

風の大精霊の巫女ニライはにっこりと微笑みかけ、二人に座るよう促した。

「結婚おめでとう、族長メーレの息子リュザール」

「まあ、なりゆきで」

「結婚とは、そういうものなのよ」

彼女自身は大精霊の妻で実質的には独身であるものの、何組もの結婚の儀を取り仕切っている。また何人もの孤児を育て上げた、母でもあるのだ。

「実は、あなたの結婚も、大精霊様の預言に出ていたの。だから、族長の妻アズラに花嫁衣装を用意しておいたほうがいいと、助言していたのよね」

「は？」

母アズラはそんなこと一言も話していなかった。

「いや、なんでまず俺に言わないんだ？」

「だって、ユルドゥスの結婚は本人だけのものではないでしょう？」

「そうだけど」

「それに、人生を左右するような大精霊様の預言は、本人に言わないようにしているの」

今回のように、おめでたいことは助言として軽く話す場合もある。しかし、基本的に伝えることはないという。

「なぜなんだ？」

「何もかも、大精霊様の預言に頼ってしまうからよ」

たとえ相手が死する運命だとしても、言うことはない。

「それを言おうが言うまいが、結果は変わらない。却《かえ》って周囲を不安にさせたり、本人を情緒不安定にしたりするでしょう？」

「まあ、それはそうかもしれない」

「だから私達は、見て見ぬふりをするの」

「それも、大変だな」

「大精霊様の妻の役目よ」

そして、今朝方も大精霊の預言があったらしい。

「そう。それで、あなた達に聞きたいのだけれど」

「ああ」

「返事によっては、結婚に賛成できなくなってしまうわ」

「は!?」

精霊だけでなく、巫女も結婚が双方に相応《ふさわ》しいものであるか視《み》る。たいてい、巫女自身が反対することはないが、稀に結婚に待ったをかける場合があるのだ。

「どうしようもない問題だから、預言を言わせてもらうけれど――」

巫女ニライは真剣な表情となり、大精霊の預言を口にする。

話を聞くリュザールとアユは、居住まいを正した。

「族長メーレの息子リュザールは、近いうちに新しい命を授かるだろう――と、いう言葉をいただいたわ」

「……は？」

「新しい命」

ニライはそう言って、アユの腹部を見つめる。

新しい命というのは、即《すなわ》ちリュザールの花嫁となったアユに新しい命を授かったと言いたいのだろう。

「まさか、ユルドゥスのしきたりを知らなかったとは言わないわよね？　夫婦となった二人は、一年間精霊の夫、妻となり、こ……子作りをするのは、そのあとからなのよ？　新婚夫婦には、辛《つら》い一年かもしれないけれど、みんな、これを乗り越えているの。私だって、精霊様のために用意された食事を食べて、頑張っているのよ」

「ちょ、ちょっと待て」

拳を握って力説するニライに、リュザールは待ったをかけた。

「一応言っておくけれど、ユルドゥスに連れてくる前だから大丈夫とか、そういうことも許されていないからね！」

「そうじゃなくて」

「何よ？」

「子作りなんて、していない」

「だったら、新しい命とは？」

リュザールとニライは、同時にアユを見た。

もしかしたらという嫌な予感が脳裏を過《よぎ》ったが、それを察したアユはすぐに否定した。

「妊娠なんて、ありえない」

「そ、そうだよな」

リュザールは安堵する。嘘《うそ》を言う娘ではないので、本当なのだろう。

「で、でも、大精霊様の預言が外れるなんて……」

「なんなんだよ、新しい命って。家畜の出産の時期ではないし」

家畜の出産は冬に集中している。

十一月の羊と驢馬を筆頭に、一月から牛、山羊、駱駝、馬と続く。

初夏に子どもを産むことは、草原では絶対にない。

「う～ん、何かしら？」

「リュザールの腰の袋から、鳴き声が聞こえる」

「ん？」

「え？」

腰ベルトの鳴き声とアユに指摘され、リュザールはハッとなる。

「あ！」

朝、イタチの子どもを捕まえたことを思い出した。革袋から取り出し、ニライに見せる。

「新しい命は、このイタチだ。朝、鷲が狩ってきたんだ」

「あらあら、なんて元気な」

アユは逃げようとしていたイタチを、素早く捕獲した。首元を摘《つ》まむように持ち上げている。

「これ、イタチじゃない」

アユがぼそりと言う。

「いや、イタチだろう？」

「あら本当。ただのイタチじゃないわ」

「え!?」

これは、イタチが家畜化された白イタチ《フィッチ》と呼ばれるものらしい。

リュザールは今日初めて見たのだ。

「きっと、出荷途中に逃げ出したのね」

「しかしイタチを家畜にして、なんに使うんだよ」

「猟に使うのよ」

以前、アズラが話をしていたらしい。白イタチは兎の穴に潜り込み、狩りの手伝いをしてくれると。

「でも、どうやって仕込めばいいのか」

「あなたの母親が、きっと知っているわ」

「でも、呑気《のんき》に躾《しつ》けている暇なんかないし、ここで引き取ってくれるわけには――」

ここで、アユがリュザールの服の袖を引っ張る。じっと、キラキラした目を向けていた。

「なんだよ？」

「白イタチ、飼いたい」

「ええ……でも、イタチだぞ？」

家畜となった白イタチは、そこまで体臭が酷いわけではない。人にも懐く。

「それに、大精霊の預言に出てきたものだから、大事にしたほうがいい」

珍しく、アユはよく喋《しゃべ》る。どうしても、連れて帰りたいようだ。

「生活も、助けてくれる」

じたばたと暴れていた白イタチは、現在アユの膝の上に座っていた。案外大人しい。

「白イタチは、とても可愛《かわい》い。癒される」

黙っていると、アユのプレゼンテーションは続いていく。それに加え、キラキラした視線はまだ続いていた。

耐えきれなくなったリュザールは、白イタチを飼うことを渋々了承することになった。

「その白イタチは、彼女のおかげで命拾いしたわね」

「いや、こいつは煮ても焼いても食えないし」

乳離れしているとはいえ、まだ一人前のイタチには見えなかった。

おそらく、このまま野に放しても死なせてしまうだけだろうとも。

「それにしても、妻の願いを吟味し即座に許す姿勢は、素晴らしいわ」

「まあ、別に、イタチの一匹や二匹、増えたくらいで生活が傾くわけでもないし」

そんなリュザールの言葉に、アユは礼を言う。

「リュザール、ありがとう」

にっこりと微笑みながら言うので、ふいと顔を逸らしながら「たいしたことじゃない」と返した。

「そんなことよりも、その白イタチの名前はどうするんだ?」

アユは白イタチを持ち上げ、じっと見つめる。

「う～～ん……」

アユは眉間に皺を寄せ、真剣に考えていた。じっくり悩んだ挙句、彼女は白イタチにとんでもない名前を付けた。

「烏賊《カラマル》」

「なんで烏賊《いか》なんだよ」

「だって、すごくそっくり」

胴が長いイタチは、アユには烏賊にそっくりに見えるらしい。

「烏賊、一回だけ干物を食べたことがある。とても、美味しかった」

山岳地帯を遊牧するハルトスにとって、海産物はめったに口にできるものではない。

その中でも、アユは烏賊を絶賛している。

「最初に革袋から出した時、烏賊かと思った」

「生きている烏賊を、腰にぶら下げているわけないだろう」

「好きなのかと思って」

「この辺でも、海産物はめったに手に入らない」

「そう」

二人のやりとりを聞いていたニライは、笑いだす。

「な、なんだよ?」

「いいえ、あなた達、良い夫婦になりそうだわ」

そういえば、ニライは結婚を反対していた。それは今もそうなのかと聞いてみる。

「いいえ、反対なんてしないわ。だって、お似合いですもの。ごめんなさいね、勘違いをしてしまって」

「別にいいけれど」

そんなわけで、リュザールとアユの結婚は認められることになった。

「それで、結婚式は明日なんだけど」

「あら、急ね」

「ああ。だから、今日は大忙しだ」

これから、リュザールは祝いの席で食べる羊の解体をしなければならない。

アユは女性陣と顔を合わせて、食事の準備をする。

一応、他のユルドゥスの集落にも巫女同士の水鏡通信を使って知らせることになるらしい。

水鏡通信とは壺にためた清らかな水に巫女の力を宿し、他の集落にいる巫女へ言葉を飛ばすまじないである。

各地に点々としているユルドゥスの者達が一堂に会することはない。

結婚後は夫婦がユルドゥスの集落を回って歩き、挨拶をするのだ。

「夏は忙しいから、挨拶回りに行くのは秋の前になりそうだな」

「あら、今年は夜間放牧に行くの？」

「いや、まだ迷っている」

夜間放牧とは夏季の一か月ほど集落を離れ、夜間に餌を食べさせることだ。

夏の家畜は、日中食欲が落ちる。そのため、夜に餌を食べさせて太らせるのだ。

また、夏は家畜の交尾の季節である。比較的涼しい夜間に活動させたほうが活発になり、妊娠率が上がると言われていた。

しかし、夜間放牧について行く羊飼いは大変だ。簡易的な移動式家屋を毎日立てて、しまうことを繰り返し、羊の群れを狼《おおかみ》から守らなければならない過酷な旅である。

去年、大量繁殖に失敗したリュザールは、今年こそと考えていたが――予定外の結婚をしてしまった。アユの頑張りを見ると言った手前、新婚早々、彼女一人を長い期間ユルドゥスの集落に残すわけにはいかない。

「去年は猛暑で、どこも羊の数は増えなかったらしいわ。今年こそと思っている人は多いようね」

「う～～ん」

精霊からの言葉によると、今年はそこまで暑くならないようだ。絶好の機会なのではとも思う。

しかし――。

そっと横目でアユを見る。すると、キラキラな視線を向けていることに気づいた。

「な、なんだよ？」

「リュザール、夜間放牧、行く？」

「いや、迷っている」

「私もお手伝いするから、連れて行って」

「は!?」

「夜間放牧に、行きたい！」

なんでも、ハルトスは女性が夜間放牧に行っていたらしい。

しかも、アユは十歳の弟と二人で行っていたのだとか。

「な、なんだよそれ。危ないじゃないか！」

「ユルドゥスみたいに、一か月も行かない。長くても一週間くらい」

夜間放牧に行く間、アユは自由だった。誰からも命令されることはなく、心穏やかな中で過ごしていたらしい。

「しかし、狼とかいなかったのか？」

「いた。でも、犬が追い払ってくれたから」

「どんな獰猛《どうもう》な犬なんだよ……」

とにかく、アユは夜間放牧に慣れているらしいことがわかった。

「行ってらっしゃいよ。一緒に夜間放牧に行きたいっていう奥さんなんて、なかなかいないわ」

そうなのだ。夜間放牧の過酷さを知っているユルドゥスの女達は、一緒について行きたがらない。そのため、男が単身で行く場合がほとんどである。

「まあ、考えておく」

「ありがとう！」

アユは嬉しそうに言った。

「夜間放牧で喜ぶって、どうなっているんだよ」

「だって、楽しみは、それだけだったから」

その言葉を聞いた途端、浮かび上がった感情は憐憫《れんびん》か、同情か。

ただ一つわかるのは、夜間放牧よりもっと、楽しいことはある。

これから先、アユに教えなければとリュザールは思った。

風の大精霊の巫女ニライと別れる。

白イタチのカラマルは、アユの持つ革袋の中に入れておく。意外と落ち着くのか、大人しくしているようだ。

続いてリュザールが案内したのは、集落の中でひときわ大きな家屋である。

ここは、水の大精霊の巫女デリンと炎の大精霊の巫女イルデーテの二人が作りだす風呂。

内部は布で区切られていて、まずは蒸し風呂で汗を出し、続いて大理石の板の上で垢《あか》すりを行う。最後に、オリーブの石鹸《せっけん》で体を洗うのだ。

以上がユルドゥスでの風呂の流れである。

体の調子が悪い時は巫女が按摩《あんま》をしてくれる、至れり尽くせりな場所だ。

水の巫女と炎の巫女のおかげで、ユルドゥスの者達は毎日風呂に入れるようになっていた。

「……すごい！」

アユは感激しきっていた。彼女の育ったハルトスでは、夏季は湖などに浸かって毎日沐浴《もくよく》するが、冬はそういうわけにはいかない。毎日湯を沸かすことも贅沢《ぜいたく》で、全身綺麗《きれい》にできるのは一週間に一回程度だったらしい。

「ここを使うには、一週間に一度、巫女に貢物《くもつ》を持って行かなければならない」

最初にまず行く時は、高価な品を用意することになっている。

「例えば、モザイクガラスの灯火器とか、磁器の皿とか。それ以降は、パンとか菓子とかで構わない」

アユは巫女に献上する品を持っていないからか、シュンとなった。リュザールは彼女の目の前に、丸いターコイズがあしらわれている銀の腕輪を差し出す。

それは一年前に都に行った時に買った品で、気に入って毎日身に着けていた物であった。

「これをやるから、巫女に献上しろ」

アユは首を左右に振り、受け取ろうとしない。

「いいから、受け取れよ」

「いい。巫女への献上品は、自分でどうにかする」

「それまで、湖で体を洗うのか？」

「……そう」

「この辺は、蛇も多いのに？」

暑い日は、木から下りて蛇も水浴びしていることをアユに告げた。蛇が湖をスイスイ泳ぐ姿は、夏の風物詩でもある。

「蛇がいたら、捕まえておやつにする」

「毒蛇でもか？」

「……」

「先に言っておくが、この辺は毒蛇が多い」

アユは悔しそうに、唇を噛みしめている。リュザールはアユの手首を摑むと、手のひらに腕輪を置いた。

「これは別に、いつでも買える物だ。また、欲しかったら買い直せばいい」

「でも」

「だったら、出世払いにしてやるよ。いいから、受け取れ」

ここまで言ったら、アユは拒絶せずに腕輪を受け取ってくれた。

そして彼女は片膝を突いて、胸に手を当てる仕草を取る。

「なんだ、それ？」

「最大級の、感謝の意」

「そっか」

リュザールもアユと目線が同じになるよう片膝を突き、淡く微笑みながら言った。

「どういたしまして」

すると、アユの顔がじわじわ赤くなる。

「おい、どうしたんだ？」

「男の人と、同じ目線に、なったことがないから？」

「なんで疑問形なんだよ」

アユの頭をポンと叩き、腕を引いて立ち上がらせる。

男性と同じ目線になったことがないということは、常に女性側が腰の低い状態で接していたということだろう。羊飼いのハルトスは酷い男尊女卑のようで、アユは時折召使いのようなへりくだった態度を取る。

それを目の当たりにするたびに、リュザールは歯がゆい気持ちになった。

彼女のことは何があっても守らなければ。そう強く、思うようになった。


水の大精霊の巫女と炎の大精霊の巫女は働きに出ているので、風呂にはいない。

夕方また、挨拶に行くことにした。

「あ、いた！」

突然背後から大きな声が聞こえ、リュザールとアユは振り返る。

走って二人のいるほうへとやってきたのは、緑色の民族衣装に身を包んだ三十代半ばくらいの中肉中背の女性。髪は、服と同じ緑の布で覆っている。目はらんらんと輝き、好奇心旺盛な女性であることが一目でわかった。彼女はリュザールの二番目の兄、ヌムガの妻ケリアだ。

「あれが、トウモロコシのパンを作った――」

料理が下手な義姉である。

「さっき、お義母様からあなたの結婚を聞いて」

もう、集落全体に情報が行き渡っているらしい。ケリアはリュザールの後ろに隠れるように佇《たたず》んでいたアユを発見し、顔を覗き込む。

「あら、綺麗なお嫁さんね！　はじめまして、私、リュザールの義姉のケリア」

「はじめまして。私は――」

「アユちゃんでしょう？」

「おい、自己紹介くらいさせてやれよ……」

ケリアは大変せっかちで、大雑把な性格でもある。

若い時はたいそうな美人で、引く手数多《あまた》だったらしい。今は子どもを産み、日々弓の腕を磨いているので、体は全体的にがっしりしている。

「アユちゃん、今日は大忙しだからね。まずは、明日の身支度の用意をしましょう。その花嫁衣装も砂を被っているから、一回洗わなきゃいけないのよね」

ケリアは早口で、今日一日の段取りを話す。

「リュザール、あなたはお義父さんの羊を一体解体しておきなさい。雌の、不妊の羊。家屋の裏手に繋いでいるから」

「わかった」

子どもが産めなくなった雌羊は、たいそう美味なのだ。息子の結婚式のために、父メーレが奮発するらしい。

「あの、私も解体を？」

「アユちゃん、あなたはいいの。羊の解体は、男の仕事だから。じゃ、リュザール、あとはよろしく！」

「お、おう」

ケリアはアユの手を引き、嵐のように去っていった。

◇◇◇

リュザールはまず、頼まれている羊の解体を行う。両親の家屋の裏手には、肉付きの良いムチムチした雌羊がいた。己の運命などわかっておらず、呑気にメエメエと鳴いている。

羊肉は久々だ。近くに、そんなことを思いながら、リュザールは腰に差してある大ぶりのナイフを引き抜いた。近くに、グラグラと沸騰する鍋が用意されていた。そこに、ナイフを投げ入れる。

解体に使うナイフは、このようにして煮沸消毒するのだ。もう一つ、骨を断つ刃物も入れた。

ナイフの消毒を待つ間、他に使う桶《おけ》や敷物などを用意する。

十分後、鍋の中の湯を捨ててナイフを取り出す。これで、準備は完了だ。

羊の肉は特別な日に食べるものだ。

婚礼の日や、精霊への感謝祭、犠牲祭の日など。

普段の羊は遊牧民にとっての財産を示す象徴であり、ヨーグルトやチーズ、バターなどの乳製品を作るための乳を提供してくれる貴重な存在なのだ。

リュザールが羊の解体をすると聞いたからか、子ども達が集まってくる。しかし、近くで見ることはせずに、遠巻きで見つめるばかりだ。

リュザールが子どもの頃もそうだった。遠巻きで羊が殺される様子を見て、だんだんと肉の塊になっていくところになったら、近付いてじっくり観察する。

そうやって、ユルドゥスの子ども達は羊の解体を覚えるのだ。

リュザールはまず、子ども達を振り返って、ナイフを掲げる。今から羊の解体を始めるという合図だ。

その様子を見た四、五歳くらいの子ども達は、ぎゅっと目を瞑《つぶ》っている。十歳近くになると、熱心な視線を向けるようになるのだ。

山羊の革を使って作った敷物の上に羊を誘導した。解体の始まりである。

最初に羊の犠牲に感謝の言葉を述べ、ナイフを天に衝《つ》き上げ精霊に感謝の意を示す。続いて、羊の頭を摑んで固定させたあと、一気に喉にある頸動脈を切り裂いた。

羊はがくんと膝が抜けたあと、横たわる。見るも鮮やかな血が、どくどくと流れていく。その血は、桶に受け止めた。血の一滴たりとも無駄にしてはいけない。それが、ユルドゥスのしきたりの一つである。羊は断末魔の叫びをあげていた。しばらくじたばたと暴れるので、体が動かないように押さえつけた。

二分後、羊は息絶える。

頭と足を切り落とし、外套を脱がせるように皮を剥いでいく。その後、腹部にナイフを入れ、腸や胃袋などの臓物をずるずると出していった。

次々と、桶に入れていく。

あとはそこまで手間ではない。肉を部位ごとに分けるだけだ。用意してあった斧《おの》のような刃物で骨を断ち、細かい部分はナイフで切り分けていく。

「リュザール兄さん、これ、持って行くね」

「ああ、頼む」

声をかけてきたのは、リュザールの二番目の兄ヌムガの長女、十二歳のエリンである。

若草色のローブを纏い、長い黒髪を二つに結んだ可愛らしい少女だ。他の女性陣同様に、筒状の帽子に後頭部を覆う長い布がついた物を被っている。

「あ、結婚、おめでとう」

「おう」

「選り好んだ甲斐《かい》があったね。花嫁様、すごく美人じゃん」

「う、うるさい」

手を振ってエリンを追い払う。その後も、次々とユルドゥスの女達がリュザールに祝いの言葉を述べつつ、これでもかと絡んだ。

こんなにも周囲がリュザールの結婚を喜んでくれたことは、想定外であった。そのため、照れ臭かったが、嬉しさもこみあげてくる。

「随分と結婚式が楽しみなようですね。我が息子リュザール」

「うわあ！」

いつの間にか、目の前に母アズラが立っていた。どうやら一人でニヤついていたらしく、それを見られてしまったのだ。

「い、いつの間に!?」

「三十秒ほど前から」

「声をかけろよ」

「我が息子リュザールの笑顔は大変貴重なもので、つい」

「つい、じゃない……」

ぐったりと、脱力してしまう。

「それで、なんか用なのか？」

「ええ、風の大精霊の巫女が『月の鳴杖《みょうじょう》』が準備できたと」

月の鳴杖とは、月を模した杖《つえ》に鈴が付けられた杖状の楽器である。

結婚式の儀式に使う道具なのだ。新婚夫婦に贈られ、儀式の際に舞いを踊る。

「そういや、あいつ、舞いは大丈夫なのか？」

「今教えています。筋はいいです」

「そうか」

月の鳴杖は既婚者の証《あかし》であり、羊を誘導する際にも使う。

夫は身の丈以上の長い杖を、妻は身の丈より少し長い杖を手にする決まりだ。

リュザールも成人の儀の際に巫女から教わった。

きちんと踊れるものか。もう一度、確認しなければならない。

「ここの後片付けはしておきますので、行ってきなさい」

「ああ、わかった」

桶に水を張ったものを手渡される。オリーブの石鹸で手を洗い、手巾で水分を拭う。

そして、リュザールは巫女の家屋まで向かった。

「あの、リュザール坊が結婚するなんてねえ」

「わたくしがお産に立ち会ったのは、つい最近だと思っていたのに」

巫女の家屋ではニライだけでなく、水の大精霊の巫女デリンと炎の大精霊の巫女イルデーテがリュザールを待ち構えていた。

デリンは六十代の老女で、熟練の巫女である。

一方、イルデーテは三十代半ばで、巫女の中では若い方だ。

「リュザール、これがあなたの月の鳴杖よ」

ニライが木箱の中に納められていた月の鳴杖を持ってきた。それは赤と黒に塗られた木の持ち手以外、金が張られた美しい杖である。先端に三日月と星の意匠があり、釣鐘状の飾りの下にいくつもの鈴が下がっている。動かしたら、リィンという澄んだ音が鳴るのだ。

「これが、俺の」

「ええ」

「素敵ですわ」

「本当に」

デリンに手渡された月の鳴杖を受け取る。

男性の月の鳴杖は女性のものよりずっと重い。それは家族の長《おさ》となる者の責任の重さでもあると、以前父メーレが話していた。これがそうなのかと、実感する。

「リュザール、おめでとう」

「おめでとうございます」

「本当に、おめでたいわ」

口々に言う巫女の言葉に、じんとする。しかし、今はただ結婚を喜んでいる場合ではない。

「あの、頼みがあるんだが――舞いを忘れてしまって」

その言葉を聞いた巫女の目が、キラリと光った。


リュザールは巫女から舞いを教えてもらう。自分で思っていたよりも動きを忘れていた。

それに、男性用の月の鳴杖は想像していたよりもずっと重かった。これを振り回し、舞っていたであろう兄達を心の中で尊敬する。

月の鳴杖を使った儀式は、公開されるものではない。巫女との結婚の儀式の前に、精霊をもてなすものとして舞うのだ。そのため踊りが下手でも、親兄弟に馬鹿にされることはない。

ただ、嫁となるアユには見られてしまう。不恰好《ぶかっこう》な舞いをするわけにはいかなかった。

一時間後、なんとか合格点をもらえた。これで、結婚式当日に憂い事はない。

「ところでリュザール坊、精霊石の契りは覚えているのかい？」

水の大精霊の巫女デリンに問われ、リュザールは視線を泳がせる。

「覚えていないのかい？」

「いや、覚えている」

結婚式の儀式の際、花婿と花嫁は精霊石を交わす。特に、難しいことはしない。

まず、精霊石を口に銜《くわ》え、花嫁の額に寄せる。目を閉じ、誓いの言葉を心の中で唱えると、精霊石は花嫁の額に付く。

この時、精霊が結婚を認めない場合は、精霊石が額から落ちてしまう。

「聞いているとは思うが、妻となる者は、精霊石の祝福を持っていない」

巫女達は顔色を変えることなく、真面目な様子で話を聞いていた。精霊に対し信仰心の篤《あつ》い彼女らのことなので、意外に思う。

「リュザール坊、ぼんやりして、どうかしたのかい？」

「いや、なんか、びっくりされるかと思っていたから」

「今、草原に生きる者は精霊の力を授かっているけれど、うんと昔はみんな、自分達の力だけで生きていたんだ」

人は弱い。だから、精霊の祝福を得て、草原で生きている。

「だからね、祝福を持たない者は、強い人なんだよ。精霊も、一人で生きていけると判断したから、祝福の力を贈らなかったんだ」

精霊の祝福がない者を、草原の民は弱き者として差別する。しかし、真実は違ったようだ。

人は弱いから精霊の祝福を得る。一方、祝福を持たずに生きる者は、強き者なのだ。

デリンの話を聞いているうちに、リュザールも納得する。確かに、アユは強い娘だった。最初こそ生きる気力を失っているように見えたが、吹っ切れたあとは驚くような行動を繰り返す。

勢いよく池に飛び込んだり、木に登って杏子《カユス》を採ったり、羊を操ったり、蛇を掴んだり。

大人しそうな見た目に反して、活発だった。

視力が良く、動物の心を掴む術《すべ》を知っている。料理の腕も抜群だ。

このように祝福がなくとも、アユは生きていく方法をいくつも知っていたのだ。

「リュザール坊は、良い嫁を見つけた。大切に、するんだよ」

「ああ、わかった」

月の鳴杖を持ち、巫女の家屋を出る。

「リュザールお兄ちゃん！」

「うわ！」

二番目の兄の子、イーイトが待ち構えていた。

「あ、それ、月の鳴杖でしょう？　カッコイイなあ」

「持ってみるか？」

「うん！」

先端をリュザールが押さえた状態で、イーイトに月の鳴杖を持たせる。

「うわっ、重たいっ！」

「これを軽々と扱えるくらい、大きくなれよ」

「もちろん！　僕、おじいちゃんくらい、大きくなりたいんだ！」

リュザールの父は見上げるほどの巨漢だ。息子のリュザールよりも大きい。

「いや、あそこまでデカくならなくても……」

可愛い甥《おい》であるイーイトには、自分と同じ百八十糎《センチ》くらいで止《とど》まってほしいとリュザールは思った。

「それはそうと、何の用事だ？」

「あ、そう。今から、リュザールお兄ちゃんの移動式家屋を作るって」

「わかった」

「僕も手伝う！」

そんなことを言うイーイトの頭を、リュザールはぐりぐりと撫でる。

巫女の家屋に近い位置に、建てるようだ。そこには、五名の男達がいた。

「リュザール、来たか！」

「二兄《にいにい》！」

刈り上げた短い髪にガッシリとした体形の男は、リュザールの二番目の兄でありイーイトやエリンの父でもあるヌムガである。

「よかったな。花嫁さん見つかって」

そう言って、リュザールの背中をバン！　と叩く。兄弟の会話は手短に終わった。

口数の少ない兄であるが、結婚を喜んでいることは目を見ればわかるのだ。

すぐに、家屋を組み立てる作業に移る。

「っていうか、父上はこんなのまで用意していたんだな」

「末っ子のお前は特に可愛がっていたからな」

「可愛がっていたか？」

父メーレは昔から厳しい人だった。弓矢の訓練の時は獲物を射るまで家に入ることを許さず、剣の修行をする時は負けるたびに素振りを百回命じられていた。

「俺達の時は、夕食抜きの上に、三百回だったぞ」

「うわっ……」

「祖母《ばあ》ちゃんが、こっそり食事はくれたから、飢えることはなかったけれど」

「そうだったのか」

そのため、メーレの命じた修行を真面目に行っていた三人の兄達は、揃って見事に筋骨隆々なのだ。尚《なお》、イミカンは除く。

「僕も、修行がんばる！」

メーレのようになりたいイーイトは、ぶんぶんと拳を振り回しながらやる気を見せていた。

「いや、お前は止《や》めとけ。リュザールと同じくらいには、鍛えてやるから」

意外にも、ヌムガもリュザールと同じ考えだったようだ。

「そんなことはどうでもいい。ちゃっちゃと組み立てるぞ」

「おう」

移動式家屋は一見してきちんとした建物に見える。しかし、構造は実に単純で、慣れている者ならば一時間ほどで組み立てることができるのだ。

まず、支柱を立てて家屋の骨組みを造っていく。中心部には煙突を通し、軽い調理ができるようにする。柱を地面に埋めて石を載せて重しにし、紐《ひも》を使い木と木を固定させる。

男が六人もいたら、あっという間に仕上がった。

家に隙間風が入らないよう、山羊の毛で作った布で全体の骨組みを覆う。これで、家らしくなる。内側に張り付けるのは、移動時に荷袋として使っていた織物だ。

次に、家屋の床部分を作る。地面に直接敷くのは、山羊織物《チュル》。その上に、赤い布地に、黄色の蔦模様《つたもよう》が描かれた羊毛不織布《ケチエ》を被せる。

ヌムガが広げた布地は、亡くなった祖母が嫁入りに作った古い物である。

本来ならば、花嫁の持参品が使われるが、アユは持っていないので集落にあるもので作るしかないのだ。布団を運び込み、皿やカップなども並べられる。

これらは、母アズラが用意していたようだ。

「――と、こんなもんか」

「ありがとう」

リュザールは一人一人、手伝ってくれた者達に礼を言って回った。

皆、結婚式の宴《うたげ》を楽しみにしているという。

こうして家が完成したら、結婚するということに実感が湧きつつあった。

◇◇◇

アユは作業用の花嫁衣装に着替えるように言われる。紺のローブだ。髪は左右に編み込み、くるりと丸めて団子状にする。

しばし、結婚式の儀式で踊る舞いを、リュザールの義姉であるケリアから習う。

なかなか足運びが難しく、手に持つ杖も重たい。時間がないというので、一時間ほどで終わった。当日上手くできるかは、運次第だ。

続いて、結婚式の料理を作るらしい。大家族が暮らせるほどのメーレの家屋には、女達が集まっていた。リュザールが解体した羊の調理を始めている。

アユも一歩家屋に入ると、羊の腸が入った桶をアズラに手渡された。

「外に水の入った壺がありますので、それで洗ってください」

アユはアズラをじっと見て、承知した意を示す。

そんなアユに、アズラは微笑みを返していた。

アユはナイフで腸を開き、外でせっせと洗う。最初は冷たい水で。次に、ぬるま湯。最後にまた、冷たい水で洗う。ある程度綺麗になったら、今度は塩で揉んでぬめりを落とすのだ。

他国では、これに香辛料で味付けした豚肉を入れて腸詰めを作る。草原では、豚を食べない。なぜかといったら、豚の飼育は小屋が必要になるからだ。豚は、羊や山羊のように飼いならすこともできず、遊牧することに向かないため普段は食べない。

そのため、腸詰めを食べる文化はないのだ。

そもそも、腸詰めは手間がかかる。取り出した腸をすべて食べるわけではない。腸詰めに使うのは、四層あるうちの粘膜下層と呼ばれる透明な部位である。それは、特別な加工をして作るのだ。忙しい日々を過ごす遊牧民に、腸詰めを作る時間はない。

腸を洗い終わった頃、アズラがやって来てアユに問いかけた。

「ココレッチの作り方は知っていますか?」

アユはじっと、アズラを見上げる。

「結構。優秀なことです」

その視線を肯定と受け取り、アズラはアユにココレッチ作りを任せた。

材料は家屋の外に用意されていた。

ココレッチとは、長い棒に香辛料で味付けした腸を巻き付けて焼いた料理である。

まず、香辛料を振って下味をつける。続いて、棒の内側に大腸、外側に小腸を巻き付けたあと火で炙《あぶ》る。焦げないようにじっくり、じっくりと焼いていく。

額に汗が浮かぶが、ここを離れるわけにはいかない。一瞬の油断が、腸の表面に苦い焦げを作ってしまうのだ。

一時間、腸を焼いた。その結果、こんがりとしたほどよい焼き色がついている。

あとは食べる前に腸を刻み、野菜と炒めてパンに挟んで食べるのだ。もちろん、酒のつまみとしてそのまま腸だけ食べても美味しい。上手くできたので、アユはふうと息を吐いて額の汗を拭う。一品完成したからといって、アユに休む暇などなかった。

続けてアユが作るのは、米入り肉団子のヨーグルト煮《エキシリ・キョフテ》。

茹《ゆ》でた米を羊のひき肉、すりおろしたジャガイモ、香辛料などと混ぜて団子状にする。それを一度揚げ、ヨーグルトソースで煮込んだら完成だ。

皆、休むことなく結婚式の料理を作り続けている。ふと気づけば、太陽と地平線が重なっていた。暑かった昼間とは違い、草原の夜は冷える。

陽が沈んだあとは、アズラに風呂まで連れて行かれた。

「結婚式前の花嫁は、巫女に体を磨いてもらいます」

アズラも入ると思いきや、アユ一人で中に入るように言われた。

内部は蒸し蒸ししていて薄暗く、最低限の灯火器が置かれるばかりだ。

香油が焚《た》かれているようで、花のような甘い匂いがたちこめている。

「こんばんは。あなたがアユですのね？」

「おやおや、とっても綺麗な花嫁だ」

風呂の内部にいたのは、炎の大精霊の巫女イルデーテと、水の大精霊の巫女デリンである。

初対面だったので、互いに自己紹介をしたあと深々と頭を下げた。

「ではさっそく、お体を清めましょう。明日は精霊様をお呼びして儀式を行うので、念入りに洗わせていただきます」

アユはイルデーテに服を脱がされる。

「――あっ」

「安心なさって。みんな、服を脱いだら同じ姿ですから」

羞恥に耐えている間に、デリンがアユの背中から湯をかける。

その後、火鉢に焼石が入ったものが中心に置かれている布の区切りへ連れてこられた。

イルデーテが焼石に湯をかけると、水蒸気がぶわりと立ち上った。一気に、蒸されるような感覚となる。ここで、体の中の汚れを汗と一緒に出すようだ。

そのあとは、長方形の『ヘソ石』と呼ばれる台に寝そべるように言われた。アユは恥ずかしくてたまらなかったが、観念して横たわる。

デリンとイルデーテが、アカスリで全身を磨いてくれた。

そのあと、オリーブの石鹸で髪と体を洗い、湯を何度も流す。仕上げにダマスクローズのオイルを全身に塗り込んだら完了だ。薔薇《ばら》の強く濃厚な香りがアユの全身を包み込んでいる。

「うふふ。まるで、豪奢《ごうしゃ》な薔薇のよう。あなたの赤髪と、薔薇の香りはぴったりだと思っていたの。これは、集落の女性には合わないと思っていたのですけれど」

「いい香りだけれど……虫が寄ってきそう」

アユの言葉に、デリンが同意を示す。

「そうだねえ。こんな艶《あで》やかな花には、余計な虫が寄ってきそうだ」

気を付けるように言われた。

薄布の寝間着を纏い、厚い布を頭から被って外に出る。すると、どこからともなく、弦楽器の音色が聞こえた。

誰かが、すぐ近くで演奏を始めたようだ。切ないような、胸をぎゅっと締め付ける綺麗な旋律だった。風呂場の裏手にいるようで、アユは覗き込む。

するとそこにいたのは――長い髪を横にゆるく結んだ青年だった。

色気のある垂れ目に、すっと通った鼻筋と整った顔立ちをしており、弧を描いた口元は楽しげだった。見たこともないほどの美しい青年を前に、アユは草原の精霊が実体化したものかと見入る。青年はアユの存在に気づいたようで、演奏を止めた。

「――おや、驚いた。月に恋する歌を奏でていたら、本物の月がやってきた。月の化身よ、名を聞いても？」

「………アユ」

「なんという！」

アユは美しい満月の夜に生まれた娘である。それを祝し、父親は月という意味があるアユと名

付けたのだ。

「月の化身、アユ。なんと美しい！　今宵《こよい》は、私と――」

「ここで何をやっているんだい、この虫野郎が!!」

青年の頭を渾身の力で叩いたのは、水の大精霊の巫女デリンであった。

楽器を奏でる美貌の男はリュザールの兄、イミカンだった。

「今宵は月が綺麗だったからね、つい」

「また、そんなことを言って。昼間寝ていたから、夜活動的になっているだけだろうが」

デリンは容赦ない。

「い、痛いよ、デリン」

「これくらい、お前の両親の心の痛みに比べたら、なんてことないんだよ」

「酷いな」

「酷いのは、あんただよ！」

噂《うわさ》の族長の息子イミカンは、ハッとするほど美しい顔《かんばせ》の持ち主だった。

ただ、一日中ぐうたらと過ごし、家族へ実りをもたらさない役立たずの男である。

イミカンは剣を持たせたら重いと嘆き、弓を射るとなぜか後方に飛ぶ。槍で突いたらそのまま転倒するという、信じられないくらい武芸の才能がない男だった。

オマケに、労働に対するやる気は皆無。周囲が何を言っても無駄。家族は何もかも、諦めているのだ。

「デリン、アユのことだけでも、教えてくれないかい？」

「彼女は、あんたの弟、リュザールの嫁だ」

「え？　そうなんだ。へえ、あの子が結婚を……」

「そうだよ。だから、ちょっかいかけるのは禁止だよ」

「なんで？　家族になるのに？」

「最初の話に戻るけれど――」

「ん？」

デリンはすうっと息を大きく吸い込んでイミカンの耳元で叫んだ。

「あんたが、悪い虫だからだよっ！」

「ウッ、耳がキーンって」

イミカンが怯《ひる》んだ隙に、デリンはアユの腕を掴んでずんずんと歩く。辿り着いた先は、新しく建てられた家屋だ。

「ここが、あんたとリュザールの新しい家だ」

「私とリュザールの、家？」

「ああ、そうだよ」

デリンは中へと入り、ガラスの灯火器に火を点《とも》す。

火の灯りに照らされた部屋は、きちんと生活ができるように整えられていた。地面の上に敷かれた織物は真新しいものではないが、丁寧に織られたものだとわかる。

「アユ、今日はここで休むんだ。リュザールの実家は料理でいっぱいいっぱいだからね」

今晩はアズラもリュザールの家に泊まる。家族水入らずの晩を過ごすわけだ。

「よかったねえ。立派な家をこさえてもらえて」

「本当に。私には、もったいないくらい」

「そんなことないんだよ」

デリンはアユの手を引き、ぎゅっと抱きしめる。

「ここの人達は、どうして、こんなに優しいの？」

「それは皆、悲しみを知っているからさ」

調停者一族ユルドゥスは、さまざまな『喪失』を目にする機会が多い。

また、家族を失った者、住む場所を奪われた者が集まっているのだ。

「気持ちがわかるから、あんたみたいな子を、放っておけないのさ」

「……」

叔父に連れられ都への道を行く間、アユの心は空っぽだった。持参品を失い、自らの意思を失い、家族を失った。

何を見ても、聞いても、心揺さぶられることはない。

空虚に支配されていた。

そんな中で、アユはリュザールに出会った。リュザールはアユの空っぽだった心に、どんどん温かなものを注いでくれた。おかげで、自分自身を取り戻すことができたのだ。

「私も、もらうばかりではなく、彼に、何かを返したい」

「そうだね。でも、それは気持ちだけにしときな」

どういうことなのか。アユは小首を傾げた。

「お前は明日、リュザールから風の精霊石を受け取るだろう」

そうすれば、アユは精霊の祝福を使うことができる。

「人はね、ただで精霊の力を使えるわけではないんだよ。犠牲が、必要なんだ」

「犠牲？」

「ああ、そうだよ」

たとえば、洗濯物を乾かすために風の力が必要とする。さすれば、人は手のひらをナイフで切りつけ、精霊に血を捧げるのだ。

「犠牲になった血の対価として、風が巻き上がる」

一日一回、血の一滴を失うくらいならなんてことはない。ただ、問題は精霊の力を戦闘手段として使う場合だ。

「人が歩けなくなるほどの大きな風を巻き起こすには、たった一滴の血では足りないんだよ」

ここで、アユはハッと息を呑む。

「大きな、犠牲が？」

「ああ、そうだよ。お前は、賢い子だね」

過去、とあるユルドゥスの青年は指を切り落とし、大きな嵐を呼んだ。別のユルドゥスの族長は腹を裂いて、危機に陥った遊牧民を救った。

「精霊の祝福は、犠牲と引き換えに使えるようになる」

その犠牲が大きければ大きいほど、力を増していくのだ。

「気を付けなければならないことは、その犠牲が清いものでなければならないということだ」

誰かを憎む心を以《もっ》て力を使えば、祝福の力は汚染されてしまう。そんな状態で祝福を願えば、力は暴走して自身の身を亡《ほろ》ぼす結果となる。精霊の祝福は、万能な力ではないのだ。

「そもそも、精霊の祝福を受けた者は、弱い存在《もの》なんだよ」

人は弱い。ある日、それに気づいた精霊が、祝福の力を与えるようになった。

「人は、勘違いをしているけれどね。元々祝福を持たない者のほうが、強いんだ」

指を切り落とした青年も、腹を裂いた族長も、もともとは精霊の祝福を持たない者だったのだ。

伴侶の精霊石の力を得て、祝福の力を得た。

そして、彼らは大きな犠牲と引き換えに、強力な祝福の力を使ったのだ。

精霊石を持つ者は、犠牲と対価の仕組みを生まれながらに知っている。

そのため、誰に習うことなく、精霊の祝福の力が使えるのだ。

アユのように儀式で精霊石を得る場合は、巫女が教えることになっていた。

デリンには懸念があるようで、精霊石の使い方の他に小言を添えた。

「アユ、守るものを見誤ってはいけないよ。あんたが守るのは、この家だ」

デリンは強い口調で、アユに言い聞かせる。

「精霊石の力は使わないほうがいい。お前のことは、リュザールが必ず守るから」

精霊の祝福の知られざる犠牲と対価に、アユの肌は粟立《あわだ》つ。

侵略者の一族に襲われた時、なぜリュザールが祝福の力を使わなかったのかと、理解することになった。

デリンはアユの手の甲に、巫女から花嫁への祝福を施す。

羊革袋の先端を切ったものに植物の粉末を水で溶いたものを入れ、精霊の守護を示す独特な模様を描いた。これは、指甲花《ヘナ》と呼ばれるもので、草原で採取したミソハギ科の植物で作られた染料である。

原料となった植物には強い殺菌効果があることから、魔除《まよ》けの力があると信じられていた。

このあと、巫女の願いで精霊の祝福が指甲花に宿るのだ。

手の甲が終わったら、手のひらにも模様を描いていく。

ひやりとした指甲花が触れ、肌の上を這《は》う感触にアユは笑いそうになる。しかし、巫女デリンの表情は真剣そのものなので、ぐっと奥歯を嚙みしめて耐えた。

一時間ほどで、左右の手の指甲花が終わったようだ。

手全体に精緻な模様が描かれている。まるで、手に美しいレースの手袋を嵌《は》めているように見えた。アユもデリンも、ふうと息を吐く。

「次は、足から腿《もも》に描くよ」

「足も？」

「安心しな。足は手のようにびっしり描かない。左足に、ちょっと描くだけだよ」

「わかった」

アユの両手には指甲花が施されている。まだ乾いていないので、手は使えない。

そのため、デリンは問答無用でアユの寝間着の裾を捲《めく》った。

「――あっ」

「恥ずかしがるんじゃないよ」

「……」

さっそく、デリンは足首に蔓《つる》のような模様を腿に向かって描いていく。

「あんたは、艶やかな薔薇だ」

そう言って、別の色の指甲花を手に取り、外腿に大きな薔薇の花を描いた。

花の種類は、花嫁によって違うようだ。

「リュザールの母アズラはアルペンローゼ、義姉のケリアはエーデルワイス」

デリンは喋りながらも、どんどん薔薇の花を描いていく。

最後に、内腿に蕾《つぼみ》を描く。

腿のもっとも柔らかい部位に指甲花の冷たい染料がそっと這い、蕾が描かれていく。

この花は、巫女から花嫁の幸せを願う贈り物なのだ。

「ユルドゥスの花嫁は、とても、幸せ」

こんなにも、大事にされている花嫁を他に知らないと、まるで他人事《ひとごと》のようにアユは呟く。

「あんたもこれから、世界一幸せな花嫁になるんだよ」

話が終わったのと同時に、アユの脚に見事な薔薇の花が完成していた。

「綺麗……」

「リュザールに見せてやりな」

「え？」

「本人が見たいと言ったらな」

一度、風が吹いた時に脚を見られたことがあった。その時は、自然がしたことなので、なんともなかった。

しかし今は――風の仕業だとしても恥ずかしい。

心情の変化に、アユは首を傾げる。だが、深く考える暇はなかった。

続けて、風の大精霊の巫女ニライがやってきた。風の祝福の力で、指甲花を乾かすらしい。

アユは初めて、精霊の祝福を目にすることになる。その前に、ニライに質問をした。

「祝福には、犠牲が？」

「巫女の祝福に、犠牲はないのよ」

ニライは優しく諭すように言った。おそらく、生涯精霊の妻となる代わりに、無償で精霊の力を使うことができるのだろう。アユはそういうふうに解釈した。

ニライは胸の前で手を組み、精霊へ祝福を願う。

「では、アユ。目を閉じて――」

言われた通りに瞼《まぶた》を閉じると、体全体が風に包まれた。

これが、精霊の祝福。その身を以て感じたアユは、ポロリと涙を零す。

精霊の風は優しかった。

温かくて、優しくて、まるで慰めてくれるような――風。

アユは、この風を知っている。日夜、羊の面倒を見て、家事をして、羊毛で手仕事をして。

そんな忙しく過ごす中で、アユの横を漂っていた風だった。

祝福がない者は、愛されていないのではなかった。気づいていないだけで、精霊はいつだって傍《そば》にいたのだ。そのことが嬉しくて、嬉しくて、涙が止まらない。

精霊の風は、アユの結婚を心から祝っているように思えた。

「ありがとう」

自然と、そんな言葉を口にする。

一度では言い足りなくて、何度も何度も、アユは精霊に礼を言った。

風が止むと、今度は炎の大精霊の巫女イルデーテがやってくる。

「今度は、わたくしがアユさんの体に描いた指甲花を、体に残るように焼き付けますね」

「焼き付け……」

これを行うことにより、指甲花の模様は定着される。指甲花が消えたら、精霊との婚礼が終わった合図になるのだ。

「大丈夫ですわ。火傷《やけど》をするほど熱くはなりませんので」

「わかった」

これも精霊の力だ。恐れることはないと、自身に言い聞かせる。

同じように目を閉じ、精霊の祝福を待つ。

刹那、体全体がカッと熱くなった。その熱は、アユのよく知るものだった。

寒い夜に、体を温めてくれる優しいもの。それから、料理を作るための、力強いもの。

炎の精霊もまた、アユのすぐ近くにいたのだ。

瞼を開くと、指甲花の色が変わっていた。鮮やかな橙色《だいだいいろ》になっていた。

足首を捲ると、緑色の模様が見えた。捲っていくと蔓が伸び、外腿には鮮やかな赤い薔薇が咲いている。内腿には、葉色に包まれた赤く小さな蕾があった。

これにて、結婚前夜の儀式は完了である。アユは巫女に、深々と頭を下げた。

◇◇◇

朝、太陽も出ないような時間からリュザールはアズラに叩き起こされる。

「我が息子リュザール、起きなさい。今日はあなたの結婚式ですよ」

「ううっ……」

「一刻も、無駄な時間はないのですからね！」

いつもより二時間ほど早い朝に、リュザールは被っていた羊毛布団をかき集めて身を縮める。

「聞こえているのですか！　起きるのです！」

「う～～っ」

耳をつんざくような声にリュザールは従い、のろのろと起き上がった。

続いて、アズラは夫メーレを起こす。

「我が息子リュザール、先に外に出ていなさい」

「わかった」

結婚式の朝には、やらなければならないことがあるのだ。

外に出ると、三つある桶の中すべてに水が張ってある。これは、水の大精霊の巫女が準備した、祝福を得た水だ。これを、父親が結婚する息子へ頭の上からかける風習があるのだ。

そのあとすぐに着替えるので、寝間着のまま行う。

夜にしか見えない空を見上げ、ふうと息を吐いた。

草原の朝は夏でも酷く冷える。

今の時間だったら、かろうじて夜と言ってもいい。そんな時間帯であった。

寝間着だけでは肌寒い。リュザールは腕を両手でさする。

これから水をかけられ、さらに寒くなるのだ。考えただけでもぞっとする。

「すまん、待たせたな」

「おう」

メーレがねぼけまなこでやって来た。さっそく、桶の水を確認している。

はあ、と憂鬱そうに溜息をついていた。

「こんな寒い時間にやらんでもなあ。可哀想だ」

「冬の結婚式は、もっと寒いだろう」

「そうだったな」

「一兄《いちにい》の時は秋だったが、二兄の時は冬じゃなかったか？」

「ああ、そういえば、雪が積もっていたな」

「考えただけでも、ぞっとする」

メーレは言う。今までの三人の息子への儀式はまったく辛くなかったと。

しかし、リュザールへ水をかける行為は、あまりしたくないとぼやいていた。

ここで、リュザールは他の兄に比べて甘やかされていたのだと、実感することになった。

「まったく、弱くなったものだ……」

「兄上達が立派に育って、安心したんだろう」

「まあ、それもあるだろうな」

リュザールの兄達は一人《イミカン》を除き、独り立ちをして家族もいる。

特に、長男であるゴースは次期ユルドゥスの族長として皆を率いる器があった。

心配事はほぼないのだ。

「お前が結婚することになって、余計に安心しきった状態かもしれぬ」

「まあ、今まで頑張っていたから、いいと思うけれど」

「いいや、まだまだしっかりせねば」

メーレは頬を打ち、気合を入れている。

「よし、いくぞ――せい!!」

メーレは一気に、桶の中の水をリュザールの頭上から被せた。水は氷水のように冷たい。冷え切った体をあっという間に粟立たせるものだった。リュザールは歯を食いしばって、耐える。

これを三杯、かけてもらった。

その後、風呂場に行って身を清める。巫女の手は借りず、一人で入った。

清め終えて脱衣所に出ると、母アズラが待ち構えていた。

「うわあ！」

「待っていました。我が息子リュザール」

「そんなところで待つなよ」

「私も、息子の裸など見たくもないのですが」

時間がないと言われ、強制的に服を着せられる。

用意されたのは白ズボンと、同じ色の、ふくらはぎまで丈のある詰襟の服だ。襟や袖には、金糸で刺繍《ししゅう》がなされていた。

途中で水の大精霊の巫女デリンがやってきて、リュザールの額に指甲花の染料で精霊のまじないを描く。

円形で、中には幾何学模様が描き込まれていた。ここに、精霊石を付けるようになっている。

まじないを描き終えたら、風の大精霊の巫女ニライが描いた円陣を乾かし、炎の大精霊の巫女イルデーテが描いたものを肌に焼き付けた。

これで、儀式の前準備は完了である。

続いて、頭部には筒状の帽子を被る。これで、額の円陣は見えなくなった。

最後に、大判の赤い肩掛け《ストール》をかけたら身支度は完全なものとなる。

「では、参りましょう」

リュザールは巫女らの誘導で、儀式を行う家屋に移動した。


アユは家屋の前で待っていた。彼女もまた、白の婚礼衣装を纏っている。ぴったりと体の線に沿うような美しいもので、銀糸で花模様の刺繍がなされていた。ユルドゥスに伝わる伝統的な花嫁衣装である。

これも、アズラがリュザールの花嫁のために準備していた品らしい。大きめに作っておいて、昨晩、手直しをしたようだ。

リュザールはただただ、花嫁を見つめる。

指先までレースに包まれているのかと思えば、手首から上は巫女の描いた指甲花である。

結婚式の日だけ、ああして白くなっているのだ。翌日になったら、色が変わる。

これも、精霊の力だ。

結婚式当日はベール付きの帽子ではなく、レースのベールを被っていた。

額には巫女の描いたまじないと、それに重なるようにターコイズの飾りを身に着けている。

アユの赤髪は左右から編み込まれ、後頭部で纏め上げていた。耳にはシャラシャラと音の鳴る金の房がついた、真珠の飾りが輝く。目元には朱が引かれていた。それは、アユの意志の強さを際立たせるかのようだ。頬には薄紅がはたかれ、唇には真っ赤な口紅が塗られていた。

世にも美しい花嫁が、リュザールの目の前にいたのだ。

アユも、リュザールが来たことに気づいたようだ。

目が合うと、さらに見惚《みと》れてしまう。いつもだったら恥ずかしくて目を逸らすが、今日ばかりはそうもいかない。

リュザールだけの花嫁が、目の前にいる。

それは、こんなに嬉しいものなのかと、実感することになった。

リュザールは結婚する。

遊牧民の少女アユを花嫁にするのだ。

リュザールはアユのもとへ行き、そっと指先を握ると、指甲花が施された手の甲に口付けする。

花嫁の頬は、薔薇色に染まった。


リュザールはアユの手を取って、巫女の家屋の中へと足を踏み入れる。

内装は、いつもと異なっていた。

儀式用の金の祭壇が部屋の中心に置かれている。

地面に広げられたフェルトの敷物ケチェには、槐《えんじゅ》という縁起の良い植物の花が刺繍されていた。

壁に張られた黒く染められた織物は、金の糸で風の大精霊、水の大精霊、炎の大精霊を示す意匠が施されている。これは、結婚式の日にのみ使われるものだ。

家屋の中は薄暗い。外からの光を遮る織物を張っているからだ。

至る場所に置かれた灯火器の中の炎が、ゆらゆらと揺れている。

陶器の器に張られた水が、衝撃もないのに波打っていた。

どこからともなく、風が吹いている。そのすべては、この場に精霊がいることを示していた。

アユは緊張しているのか、繋いだ手に力が籠もりつつある。

すぐさま安心するよう、アユの耳元で「大丈夫だ」と囁《ささや》いた。

その声に反応するように、アユはじっとリュザールのほうを見た。

至近距離で顔を見合わせる形になり、リュザールは照れて顔を背けたくなったがぐっと堪《こら》える。

心配いらないと訴えるような目で見ていたら、アユは落ち着きを取り戻したようだった。

三人の巫女はいつもと違う装いで現れる。陶器製の仮面を付け、薄絹の巫女服を纏っていた。

胸には、青いガラスで作られた『ナザール・ボンジュウ』と呼ばれる魔除けの装備がかけられていた。これは、「羨望の眼差《まなざ》しにさらされると、悪いことが起きる」という言い伝えがあり、新郎新婦を守るために、巫女が身に着けているのだ。

祭壇の前に水の大精霊の巫女デリンが腰かけ、リュートと呼ばれる黒海の弦鳴楽器を構えていた。新郎新婦の左右からやってきた風の大精霊の巫女ニライと、炎の大精霊の巫女イルデーテが、月の鳴杖を差し出す。

ずっしりと重い杖を手に取って、先端を床に突いた。

アユは月の鳴杖を胸に抱くようにして、持っている。

ついに、儀式が始まるようだ。

デリンが弦を爪弾く音が合図となる。演奏されるのは、若い夫婦の結婚を祝福する調べ。しっとりとした曲調に、ニライとイルデーテが歌を乗せる。

まず、花嫁の舞いが始まる。

アユは床を爪先でトントンと叩き、月の鳴杖を水平に持ってくるりと回る。

シャン、シャンと、澄んだ鈴の音が鳴った。

アユが動くたびに、花嫁衣装の裾がひらり、ひらりと舞う。その様子は、草原に春風が吹き花びらが漂うように可憐だった。アユは優美な動きで、旋律の中を舞う。

最後に、月の鳴杖が大きくシャンと鳴らされた。

アユは蹲《うずくま》り、動かなくなる。巫女が奏でる音色や歌声も止んだ。

花嫁の舞いは終わったようだ。

続いて、リュザールが舞う番だ。昨日、巫女から習った舞いは頭の中に叩き込んでいる。

心配はいらない。

けれど、緊張で手に汗が滲んでいた。月の鳴杖を落とさないよう、ぎゅっと握りしめる。

デリンのほうを見た途端、演奏が始まった。花婿の曲は、律動的で勇ましい。

月の鳴杖をくるりと回すと、リィン、リィンという鈴の音が鳴った。

槍《やり》を振り下ろすように月の鳴杖を動かし、ドンと力強い足の踏み込みをする。

美しい花嫁の舞いとは打って変わり、花婿の舞いは猛々《たけだけ》しい。

激しい動きの繰り返しに、額に汗がじんわりと浮かんだ。

月の鳴杖を突いて上げ、床に叩きつける。躍動的で力強い舞いであるが、鈴の音は美しい。

最後に、月の鳴杖を大きく回して、舞いは終了となる。

花嫁同様、蹲った姿のまま、リュザールは肩で息をしていた。

心臓はバクバクである。

なんとか、失敗せずに終えることができた。心から安堵している。

月の鳴杖は巫女に預けた。

夫婦は祭壇の前に並んで座り、精霊石交換の儀式を行う。

まず、巫女デリンの手によって、アユの額にあった飾りを取り払った。何もない額が露《あら》わとなる。花嫁のほうから儀式を始める。

とは言っても、彼女は精霊石を持っていない。そのため、額に口付けするのみとなる。

儀式はすぐに始めるようだ。

「大精霊よ、若き夫婦に祝いを！」

デリンがそう言うと、内部の灯火器はすべて消えた。

風は止み、器の水は消えてなくなる。真っ暗闇の中、審判の時がやってきた。

「花嫁から花婿へ、祝福を」

リュザールは座ったまま、儀式を待つ。アユは立ち上がり、リュザールの傍に寄った。

濃い薔薇の香りが鼻腔《びこう》をくすぐる。アユの匂いだ。同時に、花嫁の薄布と柔肌が触れた。

くらりと眩暈《めまい》を覚えそうになったが、それ以上の衝撃に襲われる。

アユはリュザールの頭を抱き寄せ、そっと額に唇を寄せた。

触れられた額が、カッと熱くなったように感じる。

精霊石はないのに、まるでそこに大きな力が宿ったような不思議な感覚に囚われた。

酩酊《めいてい》状態と言えばいいのか。くらくらしていたが、巫女の凜《りん》とした声でハッと我に返る。

「続いて、花婿から花嫁へ祝福を」

巫女の言葉を聞いたアユは、リュザールから離れた。リュザールは懐に手を滑らせ、自身の精霊石に触れる。表面がつるりとした、菱形のエメラルドのような石だ。

　これを握って、十九年前の春にリュザールは生まれた。

両親曰《いわ》く、嵐の日だったという。

風という意味を持つリュザールと名付けられ、その名の通り風の精霊の祝福を受けて今に至る。

どんな時も肌身離さず持っていたこの精霊石を、花嫁であるアユに捧げるのだ。

もしも、この結婚が認められなかった場合、精霊石はアユの額には付かない。

その審判を下すのは、精霊だ。

リュザールは舞いの時以上に、緊張していた。

暗闇に慣れた頃、視線を感じる。アユは穢《けが》れのない瞳で、リュザールを見ていたのだ。

その目を見た途端、彼女ならばきっと大丈夫。精霊も、認めてくれる。

そんなふうに、不思議と思ってしまった。

リュザールは精霊石を唇に銜える。アユの腰を抱き、ぐっと引き寄せた。

そして口付けするように、唇に銜えてあった精霊石を額に付ける。

その刹那、パチンと音が鳴り、家屋の中は一瞬光で包まれた。

「――あっ」

衝撃があったのか、アユは小さく声をあげる。

精霊石は額に付いたのか。

恐る恐る、アユの額から唇を離す。

それと同時に、家屋の中の灯火器が一斉に点された。

強い風が吹き、陶器の器の水が溢れんばかりに満たされる。

「おめでとうございます」

「おめでとうございます」

「おめでとうございます」

巫女は新郎新婦に、祝いの言葉を贈る。

リュザールはアユのほうを見た。

すると、菱形の精霊石が、彼女の額に付いていた。

どうやら、この結婚は精霊に認められたようだ。

ホッとして、笑みが零れる。アユも同じように、微笑んでくれた。

◇◇◇

続いて、炎の大精霊の巫女イルデーテも声をかける。

なぜ、そんなことを今更言うのか。問いかけるような視線を送った。

風の大精霊の巫女ニライが優しく諭すように言った。それはリュザールも知っている。

「誓いの口付けは、一年後よ」


「もうすぐ、披露宴《ドゥーン》ですので」

それもわかっている。

結婚式の日は朝から晩まで、たくさんの食事を囲んで盛り上がるのだ。

いつも食べられないようなごちそうが食べられるので、リュザールは子どもの頃から誰かが結婚すると聞いた時、披露宴を楽しみにしていた。

ユルドゥスの子ども達も、これから始まる披露宴を楽しみにしているだろう。

そんなことを考えていたら、デリンがはあと盛大な溜息をつきながら言った。

「お前もはっきり言わないとわからない子だね。儀式は終わった。大精霊様に夫婦と認められた。だから、花嫁を離すんだ」

「──あ」

指摘されて気づく。リュザールはアユを抱きしめたままだったのだ。

ニライとイルデーテは遠回しにアユを離すように言っていた。だが、リュザールがまったく気づかないので、デリンがはっきり言うしかなかったようだ。

リュザールは顔を真っ赤にしながら離したが、それ以上にアユの頬も紅潮していた。

「さあさ、これから披露宴だ。その前に――」

リュザールの額に雫《しずく》形のガーネットの飾りが付けられる。

イルデーテとニライが、二人がかりでリュザールを囲んで付けてくれた。

この額飾りは、アユの精霊石がないので急遽《きゅうきょ》用意されたものだった。

額飾りが取り付けられる様子を、アユは眉尻を下げて見守っている。

それに気づいたデリンが、アユの背中を優しく撫でながら言った。

「アユ、心配はいらないよ。過去にも、精霊石がない花婿がいて、こうやって宝石で額を飾ったのさ」

額飾りが取り付けられたリュザールを指さし、笑顔で話しかける。

「ほら、よく似合っているだろう？」

真っ赤な宝石は、褐色の肌を持つリュザールによく似合っていた。アユの髪色をイメージして、選んだらしい。

デリンがリュザールの近くに灯火器を持ってきて、アユに額飾りを照らして見せた。

「どうだい？」

「綺麗」

「だろう？」

額飾りは、巫女自慢の蒐集品《しゅうしゅうひん》なのだ。

デリンはリュザールとアユの背中をそれぞれドンと叩いた。

「よし！　じゃあ、行っておいで」

再度、月の鳴杖を手渡される。リュザールはしっかり握って、巫女の家屋を出た。

太陽はすっかり昇っている。その眩《まぶ》しさに、リュザールは目を細めた。

外には、ユルドゥスの者達が待っていた。ワッと、歓声が沸き上がる。

「リュザール、おめでとう」

「我が息子リュザールと、我が息子リュザールの花嫁アユ、おめでとうございます」

両親から祝福されて、喜びと照れが同時にこみあげてくる。

とても、不思議な気分だった。

初めての狩猟で獲物を得た時も、ユルドゥスの一員として初陣を飾った日も、こんなに喜ばれることはなかった。

これが結婚するということなのかと、実感する。ふわふわとした不思議な感覚は、初めてだった。それが何から生じるものなのかわからないが、悪くないとリュザールは思った。

◇◇◇

アユが見たことのない光景が広がっていた。

リュザールの実家の前には大きな絨毯が広げられ、ごちそうがズラリと並んでいた。

新郎新婦の席には、真っ赤な絨毯が敷かれている。

中心には、アユが飼育することに決めた白イタチのカラマルが籠に入れられていた。

カラマルは小さなクッションのようなものを抱いて、眠っている。

すぐに、乾杯の準備が進められた。

大人達には、『獅子の乳《アスラン・スュテュ》』と呼ばれる祝い酒がふるまわれる。

それは葡萄《ぶどう》から作られており、アニスという薬草で香りづけされた蒸留酒だ。

男性はそのまま飲み、女性は水で割って飲む。

リュザールの獅子の乳は、巫女の手によって大きな陶器の杯いっぱいに満たされる。

続いて、アユの分は獅子の乳と水を半々で作る。ニライがアユに話しかけた。

「アユ、お酒は大丈夫？」

「飲んだことがない。ハルトスで酒は、男のみ許されていた」

「まあ、そうだったの」

ユルドゥスでは、成人となる十五歳の時から飲酒は許されている。その決まりは、男女関係ない。ハルトスとの文化の違いに、ニライは驚いていた。

「飲みやすいお酒ではないの。最初は癖を感じるかもしれないから、少しずつ飲むといいわ」

「ありがとう」

そんな話をしているうちに、杯の中の酒は変化を遂げる。無色透明だったのに、白く染まっていたのだ。

「これ、どうして、白くなったの?」

「ああ、これは析出《せきしゅつ》現象と言って、水を加えることによってアルコールに溶けていたものが現れて、こんな色になるのよ」

「そう。とても、不思議」

度数が高く、酒に強い者しか飲めないことから獅子の名を冠し、水で割ると白濁するので『獅子の乳』と呼ばれているのだ。

「みんな、お酒が入ると陽気になるの。でも無理して周囲に合わせる必要はないからね」

ニライはアユの背中を優しく撫でながら、「楽しんで」と声をかけた。

まず、ユルドゥスの族長メーレの挨拶が行われる。皆、酒や料理を前に、ソワソワしていた。

そのため、挨拶は手短に行った。

「末息子、リュザールの結婚を祝して——乾杯!」

杯は高く掲げられ、若き夫婦を祝すように何度も何度も杯同士が音を立てて交わされる。

子ども達には、ヨーグルトに水と塩を加えたアイランが振る舞われている。

ほどよい酸味があり、さっぱりしていて、後味はまろやか。子どもはごくごく飲んでいる。

新郎新婦のもとには、一人一人参加者が挨拶にやってくる。まずは、父メーレから。

「リュザール、アユさん、おめでとう」

そう言って、金貨の入った革袋をリュザールのベルトに結んだ。アユの手には、金の腕輪を嵌める。結婚の祝いに金を贈ることは、ユルドゥスの古くからの慣習である。

続けて、母アズラがやってきた。

「我が息子以下略、おめでとうございます」

「略すなよ」

「あとが詰まっていますので」

そう言って、リュザールの指に金の指輪を嵌める。

「我が息子以下略の花嫁アユ、おめでとうございます。私は、あなたという存在が誇らしいです」

アズラは祝いの言葉を述べながら、アユに羽根を模した金の髪飾りを着けてやる。

「とても、綺麗です」

「ありがとう」

「いえいえ。それでは、楽しんで」

そのあとも、次々と祝いの金を受け取る。瞬く間に、リュザールとアユは金製品に囲まれることになった。

◇◇◇

青空の下——皆、遠慮することなく酒を飲み、ごちそうを食べている。

皆が皆、楽しそうにしている様子を、リュザールは眺めていた。

メインの羊肉料理がなくなると、どこからともなく鵞鳥を抱える者が現れ、丸焼きが作られる。

家にある保存食や果物がどんどん持ち込まれた。広げた絨毯の上から、料理が尽きることはない。結婚式の日は朝から晩まで、仕事を忘れ盛大に祝うのだ。

もはや、リュザールとアユに注目している者はいない。それぞれ、宴を楽しんでいた。

披露宴開始から一時間後、ようやく新郎新婦への挨拶の時間が終了となる。

結婚祝いの金は外され、木箱の中に納められた。これらは大事に保管され、若き夫婦の生活費となるのだ。

リュザールはちらりと横目でアユを見る。ぼんやりと皆が飲んで食べて、喋って歌ってと盛り上がる様子を眺めているようだ。そんな彼女に、しっかり食べるように言った。

「こんなごちそう、結婚式でもなければ、めったにないからな」

「ハルトスの結婚式でも、ここまでたくさんのお料理、見たことない」

「そうか」

なくならないうちに食べるように言ったが、アユは目の前の料理に圧倒されているようだ。

青い目をパチパチと瞬かせている。

「おい、どうした?」

「なんだか、見ているだけで、胸がいっぱいになって」

聞けば、ハルトスの結婚式は男のみが宴会をするのだという。このように、男女問わず一族が集まって祝い事をすることは、ありえなかったようだ。

女性の食事は残り物。綺麗に盛り付けられた状態で手を付けることはない。

それがアユにとっての当たり前だったらしい。リュザールにとっては信じられない話であるが。

そんな環境で育ったので、自由に食べてもいいと言われても戸惑っているように見えた。

ここで、母アズラの言葉を思い出す。

――ユルドゥスの女は幸せ者なのです。

何が幸せなものかとリュザールは考える。食事を楽しむのは、男女関係なく人に与えられた当然の権利だ。ただ、それを知らない者達が大勢存在するということを思い知った。

居心地悪そうにしているアユを見ていると、胸が締め付けられる。

リュザールは近くにあった陶器の皿を摑み、料理を少しずつ取り分けていく。

ピラキというインゲン豆のトマト煮込みに、羊のレバーに香辛料と小麦粉をまぶして揚げたジエール・ダヴァ、野菜と羊肉を煮込んだソアン・ケバブ。それから、腸を炭火で焼いたココレッチを盛り付けた。それらに、丸いパンを添えてアユに差し出す。

するると、目を丸くしてリュザールを見た。

「ほら、食えよ」

「え?」

「お前の分だ」

そう言ってアユの前に皿を置き、リュザールも同じものを皿に盛る。朝からいろいろ行って空腹だったので、たくさん料理を載せた。

そして、リュザールはアユの顔を見ながら言う。

「その料理があなたの健康にいいように《アーフィエット・オースン》」

これを言われたら、同じ言葉を返すのがお決まりだ。

「おい、聞こえなかったのか?」

「ア、その料理があなたの健康にいいように《アーフィエット・オースン》」

アユはまだ、料理に手を付けようとしない。まだ、男女の食事を取る順番を気にしているのか。リュザールは仕方がないと思うことにする。生まれ育った時に身に付いた習慣は、そう簡単に覆らないのだ。

リュザールはまず、自らが食べることにした。パンを一口大にちぎり、その上に真っ赤な香辛料がまぶされたココレッチを載せて食べる。

「――――ん？」

いつも食べているココレッチよりも美味しく感じて、目を見開く。臭みはまったくなく、弾力のある腸と香辛料の味わいが絶妙だ。腸を嚙むとジュワッと旨《うま》みが溢れてくるのだ。

「おい、これ、すごく美味《うま》いぞ」

ココレッチの美味しさを、アユに伝える。

「普段食べているのは、焼きすぎているのか食感とか味なんてあってないようなものだったが、これは調理方法が上手いからか、素材の味が活《い》きている」

店が出せるほど美味いココレッチだと、このように大絶賛をしたが、アユは頰を赤くし、目を泳がせていた。

「どうした？　腸は苦手なのか？」

たまに、女性で腸が苦手な人がいると聞いたことがある。母アズラや義姉ケリアはパクパク食べるので、気にしていなかったのだ。

「苦手だったら、無理して食べることはないが」

「ううん、違う」

「だったら、どうしたんだ？」

とても美味しいので、食べたほうがいい。そう勧めたら、アユは言いにくそうに理由を告げた。

「これ、作ったの、私だから」

「……」

「……」

リュザールは作った本人を前にして、知らずに料理を大絶賛していたのだ。

アユと同じように、顔が赤くなっていく。

照れを誤魔化すかのように、アユに話しかけたが——。

「お前の料理は美味い。自慢してもいいだろう」

「……うん」

なんだか余計に恥ずかしいことを言ってしまったようで、頭を抱えたくなる。

リュザールは開き直って、お約束の言葉を言った。

「美味しい料理を作ったその手が、健やかであるように《エルニゼ・サオルック》」

アユはますます頬を赤く染め、言葉を返した。

「その料理があなたの健康にいいように《アーフィエット・オースン》」

◇◇◇

アユはあまり料理を食べていないのではと心配していたが、しっかりと食べている様子を見てリュザールは安堵する。

彼女は痩せすぎている。

ふくよかなニライくらいとは言わないが、しっかり食べて肉を付けてほしかった。

酒は慣れていないようで、チビチビと飲んでいた。あまり強くないのか、アユの頬はだんだん赤くなっていっている。目つきもとろんとしてきていた。

「眠いのか？」

「ううん、平気」

花嫁は花婿よりも朝早く起き、身支度を行っていたと聞く。眠いに違いない。そう思って、途中からアユにミント入りのレモネードを飲むよう勧めた。

「あ、そうだ」

リュザールは巫女の近くで料理を食べていた灰色の髪の兄弟を指さす。

「あそこにいるのが、俺の家畜の世話をしている兄弟で――」

兄セナ、十三歳。腰までの髪を一つに結び、胸の前に垂らしている見目麗しい少年だ。

隣に座るのが、弟ケナン、八歳。髪は短く刈られ、パクパクと料理を食べているやんちゃな少年だ。彼らもまた、アユと同じように不幸な境遇の中、ユルドゥスに保護された遊牧民なのだ。

リュザールは兄弟を呼び寄せ、アユを紹介する。

「彼女が、妻の、アユだ」

なんとなく、名前を呼ぶのは気恥ずかしい。しかし、しっかり紹介しなければと思って、はっきりとアユの名を呼ぶ。

「僕は、羊飼いのセナ。こっちは弟の……」

「ケナン！」

セナは人見知りをする。いまだに、リュザールと目を合わせようとしない。

一方で、ケナンは人懐っこい。

「リュザール様の花嫁様、『すげえいい女』だね」

「お前、どこでそんな言葉を覚えてくるんだよ」

「さっき、おじさん達が家屋の裏で言ってた」

すげえいい女と言われたアユは、無表情でいた。幸いにも、気にしていないようだった。リュザールは眉間に寄った皺を指先で伸ばす。

子どもはすぐ大人の言葉を真似《まね》する。注意してほしいと思った。

「それで、家畜の世話はこいつらがするから」

「乳搾りは？」

「乳搾りもだ」

「毛刈りは？」

「毛刈りもだ」

家畜の放牧には行かなくてもいい。そう言うと、アユは目を丸くした。

「俺はこいつらに、給金を与えている。だから、安心して任せておけ」

「そう、だったんだ」

アユは家事や織物作りに加え、家畜の世話もするつもりだったようだ。

「どれだけ働くつもりだったんだよ」

「それが、普通だったから」

「ここでは普通じゃないからな」

念のため、釘《くぎ》を刺しておく。兄弟が休みの日には、リュザールが家畜の世話を行う。

女達は、家を守ることが一番の仕事なのだ。

「そういうことだから、頼んだぞ」

「わかった」

アユは兄弟とも、握手を交わす。同じ遊牧民と知ったからか、アユは親しみのこもった目で兄弟を見ていた。上手くやっていけるか心配していたが、兄弟とアユの相性は悪くなさそうだった。

こうして、結婚式と披露宴は無事に終わった。


燦燦《さんさん》と大地を照らしていた太陽は、地平線へと沈んでいく。

満天の星がキラキラと瞬いていた。夜になっても、宴は続く。

皆、酒に酔い、いつも以上に陽気になっていた。どんちゃん騒ぎは収まりそうにない。

アズラは目線でリュザールに下がるように指示を出す。

新郎新婦は最後まで宴に付き合う必要はない。精霊と初夜を迎えるために風呂に入って、体を清めなければならないのだ。

熱めに温められた湯に浸かり、一日の疲れを落とした。

湯の中でリュザールは思う。今日はあっという間だった。

良い、結婚式だったと思う。明日から、精霊を交えた新婚生活が始まるのだ。

いったいどんな毎日となるのか。想像がつかない。

しかし、アユと一緒ならば、困難があっても乗り越えられそうな気がした。

彼女は強《したた》かだ。同じくらい、強くならなければとリュザールは思った。

少し、湯がぬるくなってきたか。そろそろ上がろうかと思っていたら、風呂場の外にいる水の大精霊の巫女デリンより声がかかった。

「リュザール！　長風呂だけど、湯あたりして倒れているんじゃないだろうね？」

「ああ、大丈夫だ！」

どうやら、心配をかけてしまったようだ。風呂から上がり、大判の布で体を拭きながら謝罪する。

「悪い、遅くなって」

「何をしていたんだい」

「考え事をしていたんだい」

「そういうことに、しといてやるよ」

「他に、風呂場で何をするんだよ」

その問いかけに対しての、答えはなかった。家屋に戻ると、誰もいなかった。アユは風呂に行ったようだ。

部屋の中には、三人分の布団が敷かれている。リュザールと精霊とアユの分だ。

これから一年間、このようにして眠るのだ。

アユを待つ間歯を磨き、小さな灯火器の灯りを頼りにナイフの手入れをする。

一時間後、アユが戻ってきた。全身をすっぽりと覆う布を被っていた。

布の下は寝間着なのだろう。灯りを消すまで、取るつもりはないようだ。

アユは一つだけ点っていた灯火器の炎を、息をふっと吹きかけて消す。

家屋の中は、真っ暗になった。

精霊との初夜と言っても、特別することはない。ただ、朝までぐっすり眠るだけだ。

しかし、アユがいるということは慣れないことで、どうにも落ち着かない。

真っ暗闇の中で姿は見えないものの、彼女の香りがするので十分存在感がある。

疲れているので、横になったら眠れるだろう。そう思って、布団に寝転がる。

「精霊様、おやすみなさい」

リュザールがそう言うと、アユも同じ言葉を繰り返す。

それから、アユにも一日の終わりの言葉をかけた。

「おやすみ……アユ」

「おやすみなさい、リュザール」

大変な一日は、このようにして幕を閉じたのだった。

第三章 はじまる、新婚生活

夜明け前、太陽も空に昇っていないような時間に、アユはパチッと目を覚ます。

今までにない、すっきりとした朝だった。

それは、おそらく栄養たっぷりのごちそうを食べ、疲れを落とすようにじっくりと風呂に浸《つ》かったからだろう。体の調子はすこぶる良い。

いつもは肌寒さを覚えて目を覚ますのだが、今日はとても温かい。

部屋に火鉢を置いているからということもあるが――アユの体をリュザールが抱きしめていたのだ。

「……」

布団は精霊の分と三枚、敷いている。どうやら精霊の布団の上を転がり、移動してきていたようだ。アユを温めてくれているのか、暖を取っているのか、よくわからない。

リュザールは背を向けて眠っていたアユの腰に手を回し、ぴったりと体を密着させてすうすうと寝息を立てて眠っていた。

ぼんやりしている状態からだんだんと意識がはっきりしてくると、アユの中にじわじわと羞恥心が湧いてくる。身じろぐと、腰にあったリュザールの手が動く。

アユの額にある精霊石に触れた。

ここで、アユは気づく。リュザールは生まれてからずっと、精霊石と共に在《あ》った。

精霊石は彼の体の一部なのだろう。そのため、離れてしまうと、自然と求めてしまう。

リュザールはアユの体温を求めていたわけではなく、精霊石を求めていたのだ。

それを思えば、ちょっとだけ残念な気分になる。

リュザールの精霊石に触れる手が離れた。すると、不思議な現象が起こる。リュザールの記憶の一部が、アユの中に流れ込んできたのだ。

それは、とろけそうな笑顔を向ける父メーレと母アズラだった。おそらく、幼少時の記憶だろう。リュザールは両親に望まれ、愛され、優しい家族に囲まれて育った人なのだ。

だから、同じように無償の優しさを誰かに与えられるのだろうとアユは思う。

この先、リュザールに何が返せるのか。

アユは考える。たくさん料理を作って、織物を織って、他にも精一杯働くしかない。

そういうことしか、今のアユには思いつかなかったのだ。

拘束が緩んだ隙にアユは起き上がる。

まずは、着替えなければならない。火鉢から火をもらって灯火器《ランプ》に火を点《とも》し、手元の灯りを確保した。

木箱の中には、ユルドゥスの女性陣から譲ってもらった花嫁衣装がある。一番上に畳んであった、緑色の服を取り出し着替えることにした。少々大きかったが、腰部分をベルトで巻いたらなんとかなりそうだ。

ちらりとリュザールのほうを見る。まだ、ぐっすり眠っているようだった。

異性の前で着替えるというのは、初めてのことである。

夫婦だから、何も問題はない。ただ、感情がまだついてきていなかったのだ。

眠っているから大丈夫。そう自身に言い聞かせ、寝間着を脱いだ。

素早く花嫁衣装を纏い、精霊石を隠すベール付きの筒型の帽子を深く被《かぶ》った。

手に描かれた指甲花は白から橙色《だいだいいろ》に戻っている。これも、人前に出る時は隠さなければならないらしい。木箱の中に、革や木綿の手袋が入っていた。

花嫁衣装も一年間着続けなければならないし、食事も一年間精霊の分も用意する。

大変な一年が始まろうとしていた。

髪の毛は薔薇《ばら》の精油を一滴垂らし、揉《も》み込む。

丁寧に梳《くしけず》ったあと、おさげの三つ編みにした。

外に出ると、地平線がうっすらと明るくなっていた。

まだ誰も起きていないようで、集落は静まり返っている。

アユは樽《たる》の中にある水で顔を洗い、粉末薄荷《ナーネ》で歯を磨いた。

身支度が整ったあと、アユは精霊に朝の挨拶をする。

リュザールはまだ眠っていた。白イタチのカラマルも丸くなり、籠の中でスピースピーと寝息を立てていた。

リュザールとカラマルを起こさないように、なるべく静かに朝食の準備を始めることにする。

新婚生活一日目に作るのは、羊飼い伝統の花嫁のスープ《エゾゲリン・チョルバス》である。レンズ豆と挽き割り小麦《ブルグル》を使ったスープだ。

ハルトスの花嫁は、初夜の翌日にこのスープを作る。

昨晩は初夜ではなかったが、特別な日だった。だから、花嫁のスープを作ろうと思ったのだ。

新しい家屋には、新婚夫婦がしばらく暮らすのに困らないような量の食材が用意されていた。

祖母から教わったレシピを思い出しながら、材料を用意する。

まず、鍋に鵞鳥《がちょう》のガラを入れ、沸騰したら灰汁《あく》を掬《すく》う。湯が白濁してきたら、ガラは取り除いた。次に、レンズ豆と挽《ひ》き割り小麦を水で洗い、水をしっかり切る。

続いて、バターを溶かした別の鍋に細かく切ったタマネギを入れて、飴色《あめいろ》になるまで炒《いた》めた。

ガラスープにトマトペーストを入れ、沸騰したらレンズ豆と挽き割り小麦を入れてさらに煮込む。

味付けは塩コショウ、乾燥薄荷《はっか》、発酵唐辛子《プル・ビベル》、花薄荷《ケキッキ》、パプリカパウダー。スープがとろりとしてきたら完成だ。

二品目は、瑞々《みずみず》しいトマトとキュウリを使ったサラダ。オリーブオイルでドレッシングを作る。

三品目は香辛料がたっぷり入った、ヨーグルトのディップ。パンに付けて食べる。

四品目。先ほど炒めたタマネギを使って、オムレツを作った。じっくり火が入ったそれは、ソアン・ユムルタ――キャラメリゼしたタマネギのオムレツと呼ばれている。

白チーズを切って、昨日焼いたパンを皿に盛りつける。

火を消して、大きな丸い鉄板を裏返したものを被せた。これに、フェルトを被せたらあっという間に調理場が食卓となる。ここに、作った料理を並べた。

そして、アユはリュザールの背を優しく叩《たた》いて起こした。

朝だと言ってトントン、トントンと背中を叩くと、リュザールはもぞりと動く。

大判の羊毛布団を頭から被り、猫のように丸まって眠っていたリュザールはすぐに目を覚ました。ぱっと起き上がり、不思議そうな表情でアユを見つめている。

ふいに、リュザールの手が伸びてアユの頬に触れた。ごつごつした手が、頬を撫《な》でる。

その刹那、ドキンと胸が高鳴った。ソワソワと落ち着かない気分になったが、悪い感情ではないことは確かだ。アユは突然の接触に驚いたが、別に嫌ではなかったので大人しくしておく。

リュザールの指先は輪郭をなぞるように動き、顎の下で止まった。親指がアユの唇に触れたあと、リュザールはカッと目を見開いた。

「うわあ!!」

触れられていた手は離れ、リュザールは声をあげる。その一連の行動から、今まで寝ぼけていたのだろう。

「リュザール、おはよう」

「お、おはよう……じゃなくて!」

「じゃなくて?」

「いや、おはようで合っている」

「寝ぼけていた?」

「いや、まあ……強いて言ったら、寝ぼけていた」

先ほどの接触は、特に意味はなかったらしい。ドキドキして損をしたと、アユは内心思う。

しかし、リュザールの慌てぶりを思い出したら、自然と笑みが零《こぼ》れた。

「なんだよ、笑うなよ」

朝は弱いんだと、リュザールは拗《す》ねたように言った。

「顔、洗ってくる」

「うん」

リュザールを待つ間、着替えを用意しようとしたが、服の入った木箱を開けた瞬間に動きを止める。今日は何の仕事をするのか聞いていないので、どの服を準備すればいいのかわからなかったのだ。とりあえず今日は、止《や》めておく。

夫の予定を把握していないなんて、妻失格だと思った。しかし、最初からなんでも上手《うま》くできる人はいない。同じことを繰り返さないよう、失敗を心に刻むまでだ。

そうこうしているうちに、だいぶ外も明るくなってきた。アユは家屋の天井を覆う布を棒を使って少しずつずらし、陽《ひ》の光が差し込むようにする。棒は重たく、天井を覆う布も分厚いので力がいる。額にうっすら汗を浮かべながら、部屋を明るくするため作業を進めていた。

そんなことをしていたら、リュザールが戻ってくる。

「あ、おい、それは男の仕事だ」

「そうなの?」

「ユルドゥスではな」

リュザールはアユから棒を受け取って、どんどん天井の布をずらしていく。

瞬く間に、家屋の中に朝焼けの太陽の光が差し込むようになった。

「ありがとう」

「ありがとうも何も、これは俺の仕事だから」

「だったら、お疲れさま?」

「まあ、そうだ」

続いて、リュザールは着替えをする。

「今日は、何をするの?」

「ジーリ港に行って、行商人の護衛をする予定になっている」

「そう」

ここから半日ほど走った先に、大きな港がある。そこから運河を沿って下り、隣国の国境まで行商人の護衛に就くらしい。

「どうして、商人を護衛するの?」

「侵略者の一族が襲うのは、遊牧民だけではないんだ」

「そう、なんだ」

港から国境の間は、侵略者の一族が頻繁に行き来している。そのため、護衛が必要になるらしい。リュザールが戻ってくるのは明日の夜だと言っていた。

「いきなり集落を出ることになって、すまない。前から決まっていた仕事なんだ」

「うん、平気」

ユルドゥスの者達は皆優しい。リュザールがいなくとも、きちんとやっていけるだろう。

そんなことを言おうとしたら、リュザールは眉間に皺《しわ》を寄せる。

「何?」

「いや、俺がいなくても平気とか、即答するから」

どうやら、アユがあっけらかんとしていたので、機嫌を損ねてしまったようだ。案外子どもっぽいところもあるのだと、新たな一面に気づく。

「なんて言えばよかった？」

「え、う〜ん、仕事と私と、どっちが大事なの？　とか言うんじゃないのか？」

「何それ？」

「母上が父上にたまに言っている」

一度、これに対する返答でメーレは「仕事に決まっているだろう」と言ったあと、大変なアズラの怒りを買った。その後、メーレは学習し、「お前しかいない！」と言って熱い抱擁をすることをお約束としているらしい。

「仕事と妻と、大事なのは、聞くまでもない」

アユは淡々と指摘する。妻がいるだけでは、食べていけない。生きていく上で、働くことがもっとも重要なのだと。

「まあ、あれだ。説明することは難しいが――」

仕事よりも妻のほうが大事である。メーレはそんなことを言いながらも、きちんと仕事に行く。アズラは止めもせずに、笑顔で見送るのだ。言葉と行動が、あべこべなのだ。しかしこれには理由がある。

「大事なのは、仕事よりも妻のほうを選ぶ言葉というか、姿勢というか」

「なるほど」

仕事と私、どちらが大事なの？　――という言葉は、本気で仕事に行く夫を非難するものではないらしい。興味深いやり取りだとアユは思う。

そんなことを考えていたら、リュザールはキリッとした顔で先ほどと同じ言葉を繰り返す。

「いきなり集落を出ることになって、すまない。前から決まっていた仕事なんだ」

おそらく、リュザールはお約束の言葉を待っているのだろう。

アユは笑いそうになりながらも、真面目な顔で言った。

「私と仕事、どちらが大事なの？」

「それは…………お前だ」

リュザールはそう言ったあと、瞬時に顔を真っ赤にさせる。自分から言いだしたことなのに、盛大に照れているようだ。片手で両目を覆い、天を仰いでいる。

「なんだよこれ、馬鹿みたいに恥ずかしいことじゃないか」

「そう？」

先ほどのやり取りはリュザールの両親の真似事《まねごと》であっても、大事だと言われたことはとても嬉《うれ》しいことだった。

素直な気持ちを伝えると、リュザールはさらに顔を赤くして恥ずかしがる。

そんなリュザールを、アユは微笑《ほほえ》ましい気持ちで見つめていた。

ここで、アユはリュザールの用意した着替えを見る。出会った時に着ていた服とはわずかに異なっていた。太いベルトに、大ぶりの短剣、衣服の下に装備する革の胸当てなど。

上着とズボンは肌触りの良いものではなく、布を何枚も重ねた分厚い物が選ばれていた。これが、リュザールの護衛をする時の服装のようだ。アユはしっかりと、記憶に叩き込んでおく。

リュザールは寝間着を脱いだ。引き締まった上半身が露《あら》わとなる。

アユはぎょっとして、顔を逸《そ》らした。成人男性の裸を見るのは初めてだったのだ。

これからは、こんなことにも慣れなければならない。しかし、今日は心の準備ができていなかったので、羞恥に耐える時間を過ごした。

リュザールの着替えは短く、五分もかからなかった。

「すまない。せっかく朝食を作ってくれていたのに、冷ましてしまったな」

「ううん、大丈夫」

食卓となった鉄台の下は調理に使っていた火元だった。そのため、フェルトを敷いた食卓はほんのりと温かい。サラダやチーズなどの常温料理は、皿が温まらないよう敷物を重ねた上に置いている。鍋を置いている場所に食卓を覆う布はなく、保温状態となっている。まだ、スープはホカホカだ。アユは深皿にスープを装《よそ》う。

「これ、レンズ豆のスープじゃないけれど」

花嫁のスープはリュザールの好物のスープに似ているので、がっかりしないように先に言っておく。

「匂いが違うから、別もんだと思っていた」

「そう。だったら、よかった」

リュザールはスープをじっと見つめている。

気になっているようだったので、教えてあげた。

「それは、花嫁のスープ。ハルトスの、伝統料理」

「へえ～。花嫁ってことは、新婚の間にしか作られないのか？」

「ううん。初夜の翌日しか食べられない」

「え、そんな料理があるんだな」

貴重なスープだと言って、さらに熱心に見つめていた。味はそれほど美味《おい》しいわけではない。

期待が高まらないうちに、早く食べるよう促すことにした。

「その料理があなたの健康にいいように《アーフィエット・オースン》」

アユがそう言ったら、リュザールも同じ言葉を返した。

「その料理があなたの健康にいいように《アーフィエット・オースン》」

ようやく、朝食の時間となった。

リュザールはパンを手に取り、花嫁のスープを掬《すく》って食べる。その様子を、アユはじっと観察していた。

スープを口にしたリュザールは、ハッとなって目を見開く。口数の少ないアユであったが、思わず聞いてしまった。

「美味しくない？」

「いや、美味《うま》い。香辛料がぴりっとしていて、ぷちぷちした穀物と、とろっとしたスープがパンに絡まってすごく合う」

余程美味しかったのか、リュザールは手に持ったパンがなくなるまでスープを食べ続けた。

二個目のパンを千切ったあと、リュザールの動きがぴたりと止まる。

再び、じっとスープを眺めていた。

「どうしたの？」

「いや、これ、今日しか食べられないんだなと思って」

「リュザールが食べたいって言ったら、作るから」

「いいのか？　これ、伝統的なスープなんだろ？」

アユは左右に首を振る。伝統は伝統でも、ハルトスの伝統だった。

「私はユルドゥスに輿入《こしい》れした女だから、もうハルトスの伝統は関係ない」

「そっか。そうだよな」

そう返したリュザールは、とても嬉しそうだった。自分の作った料理を美味しいと言ってくれることの喜びを、彼女は初めて知った。

心の中が、言葉にできない温かなもので満たされていく。

「リュザール、まだ、食べる？」

「ああ、もう一杯くれ」

「わかった」

アユが差し出したスープの器を、リュザールは笑顔で受け取った。

食事の時間は、穏やかに過ぎていく。

食後にリュザールが持ってきたのは、初めて見る果物だった。

「リュザール、これ何？」

「なんだ。青李《エリッキ》、食べたことないのか？」

「えりっき……」

アユは初めて見たので、少々警戒していた。青李は鮮やかな黄緑で、とても熟れているようには見えない。さらに、リュザールは驚きの食べ方をアユに教えてくれた。

「これ、塩を振って食べるんだ」

「え？」

どんと食卓の上に置かれたのは、岩塩だ。リュザールはおろし金でガリゴリと岩塩を削り、アユに差し出す。

「本当に、美味しいの？」

「おう」

リュザールは食卓に敷いたフェルトで青李を拭き、岩塩を振って齧《かじ》った。

ガリッという、熟れているとは思えない音がした。ガリボリと嚙《か》み、ごくんと飲み込んでいる。

「美味いぞ」

「そう」

アユは勇気を出して、食べてみることにした。リュザールがしたようにフェルトで青李を拭き、岩塩を振りかける。

ドキドキと胸が高鳴ったが、勇気を出して齧った。まず、強い酸味と塩のしょっぱさを感じたが、後味はほのかに甘い。とても爽やかな果物だった。

「どうだ？」

「美味しい！」

「だろ」

今が旬で、商人が売りに来るようだ。

「これ、蜜漬けや塩漬けにしたり、お酒を作ったりしても美味しいかも」

「へえ。今まで生でしか食べたことがないから、気になるな。今度、加工用に頼んでおくから」

「うん、ありがとう」

その後、リュザールは蜜漬けの無花果《インジル》を持ってくる。

「これも美味いから食ってみろ」

「まだ、食べるの？」

「しっかり食べないと、一日もたないだろう？」

一日二食なので、朝食はたくさん食べるのだ。そのあとも、保存食の乾燥果物を勧められる。

アユは生まれて初めて、食べすぎて動けなくなるということを経験した。

◇◇◇

アユはスープの入った鍋に蓋をして、織物で包む。他の料理は一枚の大皿に纏《まと》めた。

精霊の分として用意した朝食を、巫女《みこ》のもとへ持って行くのだ。

準備が終わってさあ行こうという瞬間に、リュザールが鍋と皿を持って振り返る。

「よし、行くぞ」

「う、うん」

まさか、鍋と皿の両方を持ってくれることは想定外だった。

巫女の家屋でリュザールとアユを迎えたのは、風の大精霊の巫女ニライである。

「あらあら、朝からスープがあるなんて、豪勢ね」

「ハルトスの花嫁伝統のスープらしい」

「まあまあ！　楽しみだわ」

ニライは胸に手を当て、膝を突く。

「――幸せのおすそ分けに感謝を」

そう言ったあと立ち上がり、リュザールの持つ鍋と皿を受け取った。

「ニライ、俺、今から護衛の仕事に出かけるから、何かあったらアユを頼む」

「ええ、ええ。もちろんよ」

リュザールはアユを振り返り、わからないことや困ったことがあれば巫女を頼るように言った。

「俺はもう仕事に行くから」

リュザールはこのあとすぐに港町に向かうようだ。

アユが朝食を包んでいる間に、仕事道具の準備は終えたよう。一度家に戻り、小さく畳んだ地図をベルトに差し込んでいた。

「あの、リュザール、これ」

アユが差し出した包みの中身は、パンにチーズと燻製肉《くんせいにく》を挟んだものである。それと、革袋に入れた葡萄酒《ぶどうしゅ》だ。護衛の仕事に出かけると聞いて、食後に急いで作った弁当である。

「お腹《なか》が空《す》いたら、食べて」

「……」

リュザールはじっと、弁当を見下ろしていた。もしかして、不要な物だったのか。アユはそう思って引っ込めようとしたが、同時にリュザールが受け取った。

「あ、ありがとう」

「うん」

「なんか、こういうことしてもらったの、初めてで」

リュザールはみるみるうちに、笑顔になる。どうやら、嬉しかったようだ。迷惑ではなかったようで、ホッと安堵《あんど》する。

「でも、材料切ってパンに挟んだだけのものだから」

「十分だよ。俺、外に出る時は、義姉《ねえ》さんにもらったトウモロコシパンばかりだったから」

トウモロコシパンは日持ちするので、もらっても放置していることが多い。そのため外の仕事に行く時に、持って行くのがお決まりとなっていたようだ。

「あれもな、もうちょっと美味かったらいいんだけれど」

もともと、料理上手が作ってもトウモロコシパンはそこまで美味しく焼けないのだ。

「トウモロコシパン、私も試作してみる」

「頼む」

出発前に話があるようで、座るように言われた。

「何?」

「精霊石の力についてだ」

使い方は巫女に聞いたかという質問に、アユは頷《うなず》く。

「頼みがある。何があっても、精霊石の力は使わないでほしい」

「どうして？」

「どうしてもだ」

洗濯物が乾かなければ、明日もまた乾かせばいい。誰かに風の精霊の力を貸してくれと懇願されても、聞き入れる必要はない。

精霊の力に頼らずに暮らしてくれ。きっぱりと、リュザールは言った。

「こっそり使っても、俺の精霊石だからわかるからな」

「……」

精霊の力を使ってはいけない具体的な理由をリュザールは言わないので、アユはなんだか腑《ふ》に落ちない。

「納得していない顔をしているようだが」

「犠牲の話は巫女から聞いた。それ以外に理由があるってこと？」

「それは――」

リュザールは口を開いたが、何も言わずに閉じる。眉間に皺を寄せ、険しい表情となった。

ここでアユは、譲歩案を出した。

「あとでだったら、教えてくれる？」

「まあ……そうだな。またあとで、ゆっくり説明する」

今日はとにかく、仕事に行かなければならない。リュザールは立ち上がり、家屋の外に出る。

見送りをするため、アユも続いた。

馬の鞍《くら》には、最低限の荷物がぶらさがっていた。その中に、弓矢や剣といった武器もある。

指笛を吹くと、黒鷲《くろわし》がやってきた。餌を与え馬についてくるよう指示を出し、再び空へと放つ。

「じゃあ、行ってくる」

「行ってらっしゃい」

アユはリュザールを見送った。戻ってくるのは、明日だ。


出入り口を覆う布を棒に巻き付け、留めていると背後より声をかけられた。

「アユ様、おはよう！」

振り返ると、リュザールの家畜の世話をする兄弟が立っていた。

弟のケナンは二個のバケツに満たされた家畜の乳を持ち、兄セナは大きな哺乳缶を持っていた。

「牛と羊の乳を持ってきたよ」

元気よく話しかけてくるのは、ケナンだ。アユは朝の挨拶と礼を返し、その場に置いておくように言った。

「重いから、家の中まで運ぶ」

「ありがとう」

セナは大きな哺乳缶を運んでくれる。ケナンもあとに続いてくれた。

「哺乳缶のが羊、搾乳バケツのが牛」

ギリギリ聞き取れるくらいの小さな声で、セナが教えてくれる。

「乳製品を作らない日は、言って。商人に売るから」

「わかった」

リュザールの言う通り、家畜についてのほとんどは幼い兄弟がすべて面倒を見てくれるようだ。アユの弟よりもしっかりしているので、驚いた。

「セナ、ケナン、ありがとう」

礼を言うと、セナは頬を染めて俯《うつむ》き、ケナンは満面の笑みを返した。そのまま帰ろうとする兄弟を、アユは引き留める。

「あの、二人ともお腹、空いていない？　パン、食べる？」

その問いかけに、兄弟は揃《そろ》って首を横に振った。

「巫女様が、朝食を準備しているから」

「毎日、パンが食べ放題なんだ！」

このあと、朝食らしい。セナとケナンは軽やかな足取りで帰っていった。

どうやら、ユルドゥスには貧しさ故に腹を空かせた子どもはいないようだ。

それは、とても嬉しいことである。

しかし、故郷のいつも空腹だった妹や弟達を思えば切なくなった。

幸せは平等に与えられない。そのことは、心苦しいことでもあった。

白イタチのカラマルが家の中をキイキイ鳴きながら歩き回っていた。

どうやら、空腹を覚えて歩き回っていたようだ。すぐに、乾燥穀物を与える。尻尾をゆっくり振りながら、はぐはぐと穀物を食べていた。

イタチは雑食で、夜は肉を与えなければならない。

餌を与えたあと、外を散歩させる。逃げないように、胴を紐《ひも》で縛った状態で連れ出した。

一応、出荷前に調教されていたのか、排泄は外でしかしないようだ。

もしかしたら、狩猟を覚えるのも早いかもしれない。そんな期待が高まった。


一日の仕事を始める。

まず、洗濯をしに行かなければならない。アユは籠の中に洗濯物と月桂樹《げっけいじゅ》の石鹸《せっけん》を入れた。洗濯板は見当たらないので、手でゴシゴシ洗うしかない。そんなことを考えていると、訪問者がやってくる。

「我が息子リュザールの嫁アユ、いますか?」

家屋を覗《のぞ》き込んできたのは、義母アズラだ。彼女もまた、洗濯籠を抱えていた。どうやら、一緒に洗濯に行こうと誘いに来てくれたようだ。

外に出ると、アズラの他にも女性陣が待ち構えていた。

ユルドゥスでは、ご近所お誘いあわせで洗濯に行くらしい。

集落のすぐ外には、荷車が用意されていた。中には直径二米《メートル》突くらいの大きな桶《おけ》が載っている。

それに、皆洗濯物の籠を積み込んだ。

アズラが手に持った月の鳴杖《みょうじょう》で、荷車を牽《ひ》く駱駝《らくだ》に指示を出す。

シャンシャンと鳴らされる杖《つえ》の誘導で、荷車は進んでいった。

向かった先は、近くの湖だ。そこに荷車の中にあった桶を置き、水を汲《く》んでいく。

何やらハルトスとは洗濯の方法が違うようだ。

「大きな桶で、洗うの？」

「我が息子リュザールの嫁アユ、そうですよ」

アズラは腰ベルトからナイフを抜き取り、拳ほどの大きな石鹸を桶の中に薄く削《そ》いで入れる。

「こうやって、石鹸を削ぐのですが」

「ナイフ、持っていない」

「ようですね」

アズラはくるりとナイフの柄を回転させ、アユに差し出した。

「これを、差し上げます」

「貸す、じゃなくて？」

「家事用のナイフを持っていないのでしょう？」

悪い気もしたが、ナイフがなければ家事ができない。そう言われると、受け取るほかなかった。

「ありがとう」

「いえいえ。慎み深い子は好きですよ」

アズラはにっこり微笑みながら言う。

「石鹸削りの経験はありますか？」

「ない」

「そうですか。分厚く削ぐと水に溶けにくくなるので、なるべく薄くなるよう、野菜の皮むきみたいに刃を入れるのです」

「わかった」

野菜の皮むきと教えられ、やり方がピンとくる。アユはジャガイモを持つように石鹸を握り、するすると削いだ。

「初めてしたようには見えません。上手です」

「よかった」

アズラはアユに石鹸削ぎを任せ、湖の水を桶に注ぐ作業に取りかかった。

三分の二くらいの水を混ぜ、石鹸を泡立たせる。もこもこの泡が立ったら、洗濯物を入れた。

その後、女性陣はありえない行動に出る。

スカートの裾を上げ、腰の部分に結んだ。そして、桶の中に入り素足で洗濯物を踏む。

初めて見る洗濯の光景に、アユは驚いて義母アズラの顔を見上げた。

「これが、ユルドゥス式の洗濯です」

「足で踏んで、綺麗《きれい》にするんだ」

「そうです。強力な汚れは、こうでもしないと落ちないので」

「そ、そうなんだ」

「しかし、花嫁は脚に花を描いているので、できません」

「え?」

「一年後ですね」

申し訳ないような気がしたが、ユルドゥスの花嫁は伝統を守り、嫁いだ一年間脚を見せないようにしている。

皆、きゃっきゃと楽しそうに声を上げながら、洗濯物を踏む。アズラは足踏み洗濯の利点を語った。

「夫と喧嘩《けんか》した翌日は、夫の服を思いっきり踏みつけると、モヤモヤが発散されるのですよ」

「そ、そうなんだ」

夏は足で踏み、冬は太い木で洗濯物をついて洗うらしい。

今日は天気が良く、汗ばむ気候だ。そのため、絶好の洗濯日和であった。洗濯物から生じたシャボン玉が、青空を背にふわふわと漂う。なんとも平和な光景である。

その後、泡水を捨て、すすぎを行う。これも、水を入れて足で踏むのだ。脱水も、ある程度踏んで水分を除く。最後に、手で洗濯物を絞る。これが、大変な作業だった。

皆、顔を真っ赤にしながら洗濯物を絞っている。そんな中、アユは顔色を変えることなく淡々と洗濯物を絞っていた。

「ア、アユちゃん、すごい。よく絞れているわ」

リュザールの二番目の兄の嫁ケリアが、アユを褒める。

「みんな、ほら見て！　アユちゃんが絞った服、ほとんど水分がないの」

「あら、本当だわ」

アユは細身で儚《はかな》げな印象があるが、力は人並み以上にある。力がなければ、暮らしていけない中で生きてきたのだ。

「ハルトスの服は、分厚いから。それに比べたら、これくらい」

「そうなのね」

その後、昨日の結婚式の話で盛り上がる。

「もう、リュザール君がカッコよくって！」

「そうそう。いつの間にか、大人になっていたのねえ」

「昔はやんちゃで、アズラさんに怒られて泣いてばかりいたのに」

ここにいるのは、リュザールの幼い頃を知る者ばかりのようだ。

皆、リュザールはいい男に育ったと絶賛している。

「メーレさんも、末っ子が生まれてから変わったわよねえ」

「そうそう。昔は怖い人だったの」

優しく、人がよさそうに見える義父メーレも、昔は近寄りがたい人物だったらしい。

「人は、身を置く環境によって、変わるものです」

アズラはアユを見て、諭すように言った。

「あなたも、ユルドゥスの女として染まりなさい」

そうすれば、幸せになれると言葉を続けた。

「ただ、嫌になったら、言ってくださいね」

そんなことは絶対ないと、アユは首を横に振る。

「我慢は禁物ですよ。男は、気が利かない生き物なので」

アズラはすっと目を細め、猛禽《もうきん》のような目で呟《つぶや》いた。

「もしも、高圧的な態度で出ることがあったならば、私に報告するのですよ？」

「う、うん」

皆、喋《しゃべ》りながらも、きちんと手は動いている。

この技術は習得しなければと、アユは思った。

アユの活躍もあって、脱水はいつもよりも短い時間で終わった。

洗濯物は家庭ごとに分けられ、再度荷車に載せられる。

「家屋の外に木が二本立っているので、紐を張って干すのです」

「わかった」

ユルドゥスでの洗濯は効率的かつ、お喋りをしながらなので楽しかった。

そんな感想をもらすと、アズラは目を細め、アユの頬を優しく撫でる。

「これから、楽しく暮らしましょう。ここでは、無理をすることなど何一つないのですよ」

アズラの優しい言葉に、アユは涙を浮かべながらコクリと頷いた。


洗濯物を干したあとは、セナとケナンが搾ってきてくれた家畜の乳を加工しなければならない。

「仕事は、自分ができる範囲で構わないので。わからないことがあったら、聞きに来てくださいね」

「うん、ありがとう」

アズラと別れたあと、乳製品作りを行うために腕まくりした。

乳製品ごとに、使う乳は決まっている。ヨーグルトやバターは牛乳。チーズは羊か山羊《やぎ》の乳を使う。

まずは牛乳でヨーグルトを作る。大鍋に入れて、沸騰させるまで加熱した。沸騰したらしばし冷ます。最後に、ふた匙《さじ》のヨーグルトを種菌として入れて混ぜ、鍋を駱駝の毛を織って作った布でぐるぐる巻きにして包むのだ。涼しい場所に一日置いたら、ヨーグルトの完成となる。

続いて作るのはベヤズ・ペイニール。通称、ペイニルと呼ばれる山羊の白チーズだ。

鍋に山羊の乳を弱火で沸騰させないように加熱する。鍋の縁がふつふつしてきたら、鍋を火から下ろし二度漉《こ》した。そのあと、檸檬《レモン》を搾る。これに、凝固剤《ペイニル・マヤス》を入れて、かき混ぜた。

凝固剤はアズラが作った物を譲ってもらったのだ。アユは凝固剤の入った壺《つぼ》を持ち上げ、溜息《ためいき》を一つ落とす。ふいに、幼い頃の記憶が甦《よみがえ》ったのだ。

凝固剤は驚くべき物で作られる。真実を知ったのは、アユが六歳くらいの頃だったか。

誕生日に父親から、子山羊をもらった。世話をするようにと言われ、大事に育てていた子山羊だったが突然いなくなった。狼《おおかみ》にでも襲われてしまったのか。そう思っていたが、犯人は父親だった。アユは残酷な光景を目にする。

父親が家屋の裏で子山羊の腹を大きなナイフで裂き、腹の中を探っていた。そして、血まみれの手で取り出したのは、胃である。

止めてと叫んで駆け寄ったアユに、父は言った。これで、チーズの凝固剤を作るのだと。

いつも食べているチーズに、子山羊の胃が欠かせないと聞いた幼いアユは衝撃を受けた。

父親は乳離れしていない子山羊から胃を取るために、アユに世話を頼んでいたのだ。

悲しくて、苦しくて、泣き叫んでしまった辛《つら》い思い出である。

草原の民なら誰でも経験することだった。

そんなわけで、凝固剤は母乳のみで育った子山羊か子羊の胃を使って作られる。

作り方はそこまで難しくない。

まず、乾燥させた胃を、ヨーグルトを絞った液に漬けこむ。これに、小麦粒と葡萄を二粒入れて、半年経《た》ったらチーズの凝固剤が完成するのだ。

ちなみに、子羊よりも子山羊の胃のほうが効果は高い。

幼い頃の記憶を思い出しながら、アユはチーズを作り続ける。

凝固剤を入れ、混ぜているうちにだんだんもったりしてきた。三十分ほどで固形物と水分が分離するので、煮沸消毒した布で漉す。真っ白い固形物となったほうがチーズだ。

保存性を高めるため、塩を混ぜる。これを再度布に包み、重しを載せて水抜きをするのだ。

その後、三日ほどで食べられるようになる。

アユは額の汗を拭い、一仕事終えたと息を吐いた。ただ、乳製品作りはここで終わりではない。

作ったあとに残るものがある限り、続くのだ。

日差しが強くなってきたのでアユは朝巻いていた天井の布を、棒を使ってもとに戻す。

外からは、子ども達が楽しそうにはしゃぐ声が聞こえていた。

そんな声を聞きながら、次なる作業へと取りかかる。

チーズと分離した水は、乳清《ペイニル・スユ》と呼ばれている。これからも、乳製品が作れるのだ。

乳清からは、二種類の乳製品が作れる。

一つ目はハルと呼ばれるもの。乳清を煮詰め、水分を飛ばす。塩で味を付け、茶褐色になったら完成。これは、調味料となる。

二つ目はノルと呼ばれるもの。これは、乳清を加熱し、表面に浮かんだ黄色味のあるものを掬い取って水分を切ったあと塩を振り、革袋に詰めて保管する保存食だ。

ノル作りで余った乳清は、パン作りに使う。乳清は栄養豊富で、美容と健康にもいいと言われている。せっせと乳清入りのパン生地を作り、集落の共同かまどで焼いた。

パンが焼きあがる頃には、すっかり陽が傾いていた。

籠の中に山盛りにパンを載せていたら、誰かがやってくる。

「あ、アユちゃんだ」

「ケリア義姉さん、こんばんは」

アユと同じくパンを焼きにきたのは、義姉のケリアである。彼女は、トウモロコシパンを今から焼くようだ。鉄板にパンを並べ、かまどの中に入れる。

「よしっと」

ひと仕事終えたケリアは、アユに話しかける。

「アユちゃん、今日は何をしたの？」

「ヨーグルトと白チーズを作って、ノルとハルを作って」

「それから、そのパン？」

想像以上の頑張りだったからか、ケリアは目を見開いて驚いていた。

「すごいわね～～。私なんか、不器用だから一日に一種類の乳製品しか作れないの」

「コツがあって」

乳製品の作り方を教えているうちに、トウモロコシパンが焼きあがったようだ。

「うふふ。アユちゃん、ありがとう。今度試してみるわ」

「いいえ」

「あ、そうだ。夕食、うちで食べない？　今日、一人でしょう？」

「いいの？」

「いいの！」

そのまま行けるか聞かれたが、洗濯物を取り込んでいないことを思いだす。

「もう、湿気《しけ》ているかも」

「大丈夫よ。この辺は、乾燥しているから。じゃあ、洗濯物を入れたあと、うちに来てちょうだい」

「わかった」

アユは急いで家に戻り、洗濯物を取り込む。

ケリアの言っていたとおり、まだ湿気ていなかった。

取り込んだ洗濯物を畳んで、木箱に詰める。

手ぶらでは行けないので、先ほど焼いたパンを土産として持って行くことにした。


洗濯物を詰めた木箱を家屋に持ち帰る。風に吹かせっぱなしだった衣類は、ふわふわだった。

家屋の中に入ると、白イタチのカラマルがキイキイと空腹を訴えるように鳴いていた。

アユはカラマルに羊の生肉と水を与え、しばし散歩をさせる。

そうこうしているうちに陽は沈みゆき、草原を静かに包み込むような暗闇の時となる。

空に浮かぶ星は、瞬きをするように美しく輝いていた。灯りを点した家屋がぽつぽつと並ぶ様子は、どこか幻想的だ。

アユの育ったハルトスでは、部屋を照らすほどの灯りは点さない。燃料が勿体《もったい》ないので、太陽が沈んだのと同時に、一日の終わりとなる。

一部の者達は、灯火器に灯りを点して酒盛りを楽しむが、それが許されているのは男だけだった。ハルトスとは違い、ここではすべての家に灯りが点っている。夕食を囲んで団欒《だんらん》する家族の笑い声も、あちらこちらから聞こえてきた。それらは、アユにとって初めての光景となる。ユルドゥスは男女の格差もなければ、各家庭の生活水準も同じくらいに感じられた。

今、目にしているのは童話か何かの世界なのではと、アユは思った。それくらい、ハルトスとユルドゥスの間には、大きな価値観の違いがあったのだ。

近くにあった家から、わっはっはと楽しげな声が聞こえ、ハッと我に返る。

小走りでケリアの家まで向かった。

ケリアの家からも灯りが漏れていた。ホッとするような、温かな灯りである。

パンは足りるだろうか。見下ろしている中で、アユは気づく。

結婚一年目は、精霊の分も料理を作らなければならないのだ。大事な仕事を忘れていた。

どうしようかと、出入り口の前でオロオロしていたら、パッと布が開く。

出てきたのは、ケリアだった。

「あ、アユちゃん」

ケリアの手には、湯の入った鍋があった。

「あの、私……」

「アユちゃん、急なんだけど、三軒先の奥さんが、産気づいて」

「あ、そう、だったの」

「だからまだ、夕食の準備もできていなくて」

「私も、精霊様の食事を、準備していなくって」

「あ、そうか。そうだったわね。ごめんなさい。すっかり失念していたわ」

「お手伝い、まだかかるの?」

「ええ。これから本番って感じで」

「夕食は?」

「何か適当にって言ってあるけれど――焦げ臭っ!」

家屋の中を覗き込むと、もくもくと黒い煙が充満していた。

「あんた達、何してんのよ!?」

煙突付きのかまどではなく、火鉢で焼いたためにこのように家の中は煙だらけとなってしまったようだ。

「火鉢は家の中では料理に使ったらダメって言ったでしょう? それに、そのままでも食べられるのに、なんでわざわざ温めたの?」

「いや、お父さんが、このまずいパン、温め直したら美味しくなるかもって」

「何がまずいパンよ! さっき焼いたばかりだったから、焼き直すこともなかったでしょう?」

「いや、もう、冷めていたし……」

「つべこべ言わずに、食べるの!」

ケリアに怒られてしょんぼりしているのは、リュザールの二番目の兄であるヌムガに、長女のエリン、それから長男のイーイトの三人だ。

「エリン、スープか何か、作れるでしょう？」

「やだ！　お姉ちゃんのスープ、お母さんのよりまずい」

「……」

「……」

イーイトの言葉は、決して母ケリアのスープが美味しいという意味ではない。

少年は二人の女性を傷つけてしまったのだ。家屋の中はいたたまれない空気となる。

そんな中で、アユが提案する。

「あの、夕食、私が作ってもいい？」

「え、アユちゃん、いいの？」

「その代わり、精霊様の分も作りたいんだけど」

「うん、ぜんぜん構わないわ。というか、すっごく助かる」

「ありがとう」

そんなわけで、アユはヌムガ一家の夕食も合わせて作ることになった。

アユはヌムガと目が合ったので会釈した。

ヌムガは四角い顔に、太い眉、大きな目と、厳《いか》つい顔をしている。体もがっしりしていて、腕はアユの太ももよりも太い。結婚式で挨拶をした時、怖い顔だと思っていた。しかし、リュザールが「二兄《にいにい》」と呼びかけた瞬間、破顔したので怖くなくなったのだ。

アユも「二兄」でいいと言われているので、遠慮なく呼びかける。

「二義兄《にいにい》、お邪魔します」

「ああ、悪いな。招待したのに、こんなことになって」

「平気」

むしろ、精霊の食事について失念していたので助かった。夕食は家にあるものを使っていいというので、お言葉に甘える。

「これ、捨てなきゃ。焦げ臭い」

イーイトが焦げたパンを捨てようとしたので、アユは慌てて止めた。

「それ、使えるから、捨てたらダメ」

「焦げたパンが？」

「そう。脱臭剤になる」

真っ黒に焦げたパンは、多孔性の炭と化す。その穴部分が、臭いや湿気を吸い取ってくれるのだ。

「靴とかに入れていたら、臭いがなくなるから」

「そうなんだ。だったら、お父さんの靴が一番臭いから、入れてくるね！」

「……」

息子の容赦ない言葉に、ヌムガは切なそうな表情をしていた。この辺は、ハキハキしているケリアにそっくりだとアユは思った。

続いて、アユはエリンを手招きした。

エリンは人見知りをするようで、目も合わせない。慣れたリュザール相手だと、どんどん話しかけてくるらしい。アユは小さな頃の自分を見ているようで、くすりと笑ってしまった。

「エリン、今日は、一緒に、スープ作ろう？」

「うん」

アユは腕を捲り、エリンと共にスープ作りを行う。

料理に使うのは、今日ケリアが焼いたトウモロコシパン。正方形に切ったものが、煉瓦《れんが》のように積みあがっている。

「あとは――」

エリンは山のように置かれていた卵を指さす。

「あれは？」

「鶏の卵。今日、商人から買ったの」

今日はケリアが卵料理を作る予定だったらしい。

「お母さん、卵料理は得意なの」

「そっか。残念だったね」

それから、もう一つ気になるのは、ドン！ と置かれた肉の塊。

「あれは、どうしたの？」

「隣のおじさんが、昨日の結婚式で牛を捌《さば》いたらしいんだけど、食べきれないからっておすそ分け。あれ、早く食べないと、ダメになっちゃう」

アユは本日の献立を瞬時に組み立てる。そして、トウモロコシパンと卵、牛肉を使った品目を思いついた。

「エリン、これらを使って、ごちそうを作ろう」

「トウモロコシのパンと卵と牛肉で、ごちそうを？」

「そう」

「難しくない？」

「スープは簡単だから」

さっそく、調理を開始する。まずはスープから。

薄切りにした牛肉とタマネギをオリーブオイルで炒め、火が通ったあと水を入れる。その後、レンズ豆を入れて煮込み、最後にトマトペーストに塩、コショウで味付けをする。

「あとは、煮込むだけ」

「これだけでいいの？」

「いいの」

実にシンプルなスープである。味見をしたエリンは、小さな声で「美味しい……」と呟いていた。それから、自分にも作れそうとも。

続いて、二品目。トウモロコシパンの中身をくり抜く。

「くり抜いたパンは、細かくしてパン粉にするの」

「わかったわ」

全部で十五個のパンをくり抜き、トウモロコシパンのパン粉を作った。

「これは肉との繋《つな》ぎになるんだけれど、かさ増し的な意味合いもある」

「そうなの？」

「そう。一個だけでも、けっこうお腹いっぱいになる」

続いて取り出したのは、牛肉の塊。これを、切り刻んでひき肉にする。肉の塊からひき肉を作るのは、かなりの重労働だ。アユは腕を捲り直し、額に汗を掻《か》きながら肉をナイフで叩いている。

「おい、俺がしようか？」

奮闘するアユにヌムガが声をかけるも、大丈夫だと言って断る。彼女は自分のやり始めたことを、他人に取られたくない性分なのだ。

そんなこととは知らず、ヌムガは一人手持ち無沙汰でしょんぼりしていた。

料理の工程はどんどん進んでいく。

「エリンは野菜を刻んで」

「うん」

手渡された野菜は、タマネギとニンニク。エリンは涙目になりながらも、一生懸命刻んでいた。

アユはひき肉に、調味料を入れる。クミンに、発酵唐辛子、塩、コショウなど。

エリンの切った野菜を入れ、トウモロコシパン粉を追加し、ぐっぐと力を入れて練り上げた。

しっかり味付けしたタネは十五等分の四角い形にして、焼いていく。

じゅわじゅわと音をたてる肉は、香ばしい匂いを漂わせていた。

「わあ、アユお姉ちゃん、美味しそう！」

「イーイト、あんまり近づくと、油が撥《は》ねる」

「は〜い」

裏表、焼き色が付いたら、水を入れて蒸し焼き状態にする。

蓋をして、しばし待つ。五分後、綺麗に焼きあがった。

「この肉を、パンに詰める」

四角い肉をパンに詰めたあと鉄板に並べ、蓋をするように生卵を落とす。さらに、薄く切ったチーズを載せた。これを、外にある共通のかまどで焼く。

アユとエリンは肩を揃えて並び、かまどの中を覗き込む。

「あ、アユお姉ちゃん、チーズが溶けた！」

「良い匂い」

「うん！」

五分ほど焼いたら、チーズが溶け、卵の白身も固まる。以上で、トウモロコシパンの肉詰めの完成だ。

アユは焼きたてのパンを三つ皿に盛りつけ、ケリアの家にスープを取りに行き、巫女のもとへ運ぶ。

「ごめんなさい、遅くなって」

家屋の中から出てきたのは、水の大精霊の巫女デリンである。

「いえいえ。あら、美味しそうね」

「今日は、エリンと作ったやつ」

「いいわねえ」

料理は無事、受け取ってもらえた。ホッと安堵する。ケリアの家に戻ると、エリンとイーイトが、大きな木の盆にトウモロコシパンやチーズ、スープなどを置いている。

「それは、精霊様へのお供《そな》え？」

「違うよ」

「イミカンの分の食事なの。私達があげなきゃ、お腹が空いて動かなくなるから」

「ああ……」

イミカンのもとへは、ヌムガとイーイトが持って行く。

残ったアユはエリンと二人で、食事の準備を始めた。

今まで調理の火口として使っていた場所は、円形の蓋のようなものを被せて覆う。

上から、布を被せると食卓となるのだ。ここに、料理を並べていく。

しばらくして、ヌムガとイーイトが戻ってきた。

「わあ、美味しそう！」

食卓の料理を見て、イーイトは目を輝かせている。親子は食卓に着き、食前の挨拶を交わした。

「その料理があなたの健康にいいように《アーフィエット・オースン》」

ヌムガがそう言うと、エリンとイーイトが息を合わせて同じ言葉を返す。

遅れて、アユも言った。

「エリンが頑張って作ったから、たくさん食べて」

「これ、エリンお姉ちゃんが？　すごい！」

イーイトに尊敬の眼差《まなざ》しを向けられ、エリンは満更でもない表情を浮かべる。

姉弟の様子に、アユはクスリと笑った。

まず、ヌムガがパンを手に取り、大口を開けて食べる。齧りつくとチーズが伸び、卵の黄身が溢《あふ》れていた。卵の黄身が零れないように、ヌムガは齧ったところを上に向ける。

「お父さん、どう？」

「美味い！」

感想を聞いたイーイトが、パンにかぶりつく。期待以上の味だったようで、頬を赤くし、目を潤ませる。実に美味しそうに、もぐもぐと食べていた。

エリンも、小さな口でパンを食べる。

「これ、美味しい!!　アユお姉ちゃんって、すごいわ!!」

「美味しいのは、エリンが手伝ってくれたから」

「そ、そう？」

「そう」

アユはエリンの手の甲を撫でながら言った。

「美味しい料理《エルニ》を作った《ゼ》その手が、健やかであるように《サオルック》」

エリンは、弾《はじ》けるような笑みを浮かべた。


食後、アユは外でエリンと共に皿を洗う。

周囲の家の灯りは、落とされつつある。遊牧民は早寝早起きなのだ。

そんな中、エリンは皿を洗いながらも灯りが付いた家をじっと見つめている。

あそこでは、ユルドゥスの女性達が集まって、出産を手伝っているのだ。

「お母さん、大丈夫かな」

「心配？」

「うん。夕食を食べる暇もなかったから」

どうやら、ケリアは何も食べずに家を飛び出したらしい。それを、エリンは心配しているのだ。

「だったら、何か差し入れを作って持って行く？」

「お母さん達に？」

「そう。軽く摘《つ》まんで食べられるようなものを」

「アユお姉ちゃん、いいの？」

「いいよ」

食材を使っていいかどうかは、家長であるヌムガに訊《たず》ね許可を取った。イーイトが眠そうにしていたので、アユは家に戻って調理する。

「今から、ユフラを作るけれど、エリンは作ったことある？」

「ない。お母さん、ユフラは破いてしまうから、苦手だって」

ユフラというのは、羊皮紙のように薄いパン生地である。

まず、盥《たらい》に小麦粉をコップで数杯掬い、酵母を匙で量って入れる。普段は目分量であるが、エリンに教えるために量って入れた。

水を少しずつ入れながら練り、生地を纏める。

生地がなめらかになったら、丸めてしばし休ませた。ここまでは、普段のパンの作り方と変わらない。発酵を待つ間、茶の時間とする。

リュザールの両親から結婚祝いに贈られた花の断面模様が美しい紅茶ポット《チャイダンルック》で紅茶《チャイ》を淹《い》れる。贅沢《ぜいたく》に、牛乳と砂糖をたっぷり入れた。夕食作りを頑張ったエリンへのご褒美である。アユにとってもかなりの贅沢であるため、カップを持つ手が震えてしまったのは内緒だ。

エリンが星を見ながら飲もうと言うので、外に出た。少し冷えるので、毛布を肩にかける。

夜空は雲一つなく、数えきれないほどの星が輝いていた。

「アユお姉ちゃん、冷えないうちに、飲もう？」

紅茶を飲んだエリンは、口元に笑みを浮かべている。

「ん、美味しい」

「そう、よかった」

夜空を眺めていると、星がさっと尾を引いた。エリンは指差しながら叫んだ。

「あ、尻尾星《クイルック・ユリディズ》！」

「尻尾星？」

「アユお姉ちゃん、知らないの？」

尻尾星とは、幸運を司《つかさど》る星で、見たあとに願いごとをしたら叶《かな》えてくれるといわれている。

エリンは胸の前で手を組み、何か必死に願っていた。

「エリン、何を願ったの？」

「料理が上手くなりますようにって」

「それは、絶対叶うよ」

「そう思う？」

「そう思う」

「嬉しい」

暗闇の中なのでよく見えないが、はにかんでいるであろうエリンの頬をアユは手の甲で撫でる。

「アユお姉ちゃんも、何か願ったほうがいいよ」

「願い……？」

　アユも胸の前で手を組み、願いごとをする。今、浮かんだ願いは一つしかなかった。

「アユお姉ちゃんは、何を願ったの？」

「リュザールが、無事に戻ってきますようにって」

「ええ、そんなこと？　尻尾星ってかなり珍しいのに」

「今の私には、リュザールが無事に戻ってくる以上の願いはないから」

「アユお姉ちゃんは、無欲だね」

　無欲というよりは、欲を知らないだけだろう。

　ユルドゥスには、女性であるアユにたくさんのことが赦されている。

　それを知ってしまったら、自分はどうなってしまうのか。少しだけ怖いと、アユは思ってしまった。そんな考えを、エリンの明るい声が打ち消す。

「でも、リュザール兄さんはかなり強いから、心配ないよ」

「そうなの？」

「五兄弟の中で二番目に強いんだって」

「へえ」

　剣を使う戦いの中で、一番は長男ゴース、二番目はリュザール、三番目がエリンの父ヌムガの順に強いらしい。ちなみに、四番目の兄ヒタプは筋骨隆々であるが兄弟一賢い。最低最悪のぐうたら男こと、三男イミカンについては武芸の心得はないので最初から除外する。

「でもね、お父さん、槍《やり》ならリュザール兄さんに負けないって言ってた」

「そっか」

「リュザール兄さんは、弓は兄弟で一番だよ」

アユもリュザールの弓の腕はかなりのものだと思っていた。馬で接近する追手を、見事に射止めていたのだ。

「リュザール兄さんは、動体視力がいいんだって。お祖父《じい》さんも昔は弓矢の名手だったけれど、老眼だから、矢が当たらなくなったって」

「そうなんだ」

会話に夢中になって、すっかり紅茶が冷えてしまった。アユは一気に飲み干す。

「そろそろ、発酵が終わったかも」

「わかった」

ユフラ作りを再開する。

「ここからが、難しいってお母さんが言ってた」

「そう。私も、慣れない頃は何回も破いてしまった」

「アユお姉ちゃんもだったんだ」

「最初から、上手にできる人はいない」

「そっか。そうだよね」

生地を一口大にちぎり、麺棒を使って薄く薄く伸ばしていく。角度を変え、力加減を調節しながら、羊皮紙のように生地を薄くするのだ。

「うわあ、綺麗……」

薄く伸びた生地を見て、エリンは感嘆の声をあげている。

「エリンも、やってみて」

「う、うん」

エリンは額に汗を浮かべながら、一生懸命生地を伸ばす。何度も破ってしまったけれど、やり直せば問題はない。こうして、何度もやっているうちに薄く伸ばせるようになった。

「で、できた」

「上出来」

「うん！」

コツを摑《つか》んだらしいエリンは、どんどん生地を薄く伸ばしていく。

同時進行で、アユは生地に塩辛いチーズと刻んだトマトを置き、スティック状に丸めていく。

これをひまわり油で揚げたら、葉巻形パン《シガラ・ボレイ》の完成である。

飲み物はヨーグルトに水、塩を入れて作ったアイランをたっぷり用意した。

アユはエリンと共に葉巻形パンとアイランを持って行く。

出産が始まった家屋の外には、リュザールの母アズラがいた。なぜか、出入り口で槍を持ち、厳めしく突っ立っている。

「おや、我が息子リュザールの嫁アユではありませんか。どうしたのです？」

「差し入れ。エリンと作ったの」

「おや、よく気が利きますね。そういえば、夕食を食べていませんでした。交替で、いただきましょう」

家屋には三人の巫女と、ケリアがいるらしい。男性陣は役に立たないからと、追い出したのだとか。アズラは武器を持って、悪《あ》しき存在《もの》が入ってこないよう見張っているとのこと。

アズラは家屋の中にいるケリアを呼び出した。

「ケリア、少し休憩してください」

「わかったわ」

外に出てきたケリアは、娘エリンとアユが来ていたので驚く。

「あら、あなた達、どうしたの？」

「お母さん、夕食、食べていないでしょう？」

「そういえば、そうね」

「それで、アユお姉ちゃんが差し入れを作ろうって」

「まあ！」

アユはエリンの持つ葉巻形パンを、灯火器で照らした。

「とっても美味しそうだわ」

「揚げたてなの」

「ありがとう」

ケリアは家屋の近くに置いてあった壺の中の水で手を洗い、叢《くさむら》に腰を下ろす。

アユとエリンが声を揃えてケリアに「その料理があなたの健康にいいように《アーフィエット・オースン》」と言うと、笑顔で同じ言葉を返す。

そして、ケリアはエリンから差し出された葉巻形パンを、パクリと食べた。

「――わっ、このユフラ、すっごい！」

暗闇の中でも食感が伝わるほど、ユフラのサクサクという音が聞こえる。

「チーズのしょっぱさと、ほどよく熱が通ったトマトのトロトロ感がよく合っていて、美味しいわ」

ケリアは葉巻形パンを味わって食べたあと、アイランを一気飲みする。

そして、アユとエリンの手を摑んで言った。

「美味しい料理を作ったその手が、健やかであるように《エルニゼ・サオルック》！」

アユとエリンは一度顔を見合わせ、お決まりの言葉を返す。

「その料理があなたの健康にいいように《アーフィエット・オースン》」

夜闇の中でも、料理を通じて気持ちを通じ合わせることができる。

素晴らしいことだと、アユは感じていた。

「はあっ、美味しかった。アユちゃん、ありがとう。エリンも、すごいわね。こんな美味しい料理が作れるなんて」

「アユお姉ちゃんが教えてくれたの。私、これからユフラは作れるようになったわ」

「本当？　頼もしいわね」

ケリアはアユの両手を握りしめ、礼を言う。

「アユちゃん、エリンに料理を教えてくれてありがとう。大変だったでしょう？」

「エリンは、真面目でいい生徒だったよ」

「そう？　よかった」

そんな話をしていると、妊婦が激しくいきむ声が聞こえた。

「そろそろ戻らなきゃ」

「お母さん、頑張って」

「ええ、もちろんよ。美味しい料理を食べたから、一晩中だって頑張れるわ」

その辺はほどほどにと言っておく。ケリアは家屋の中へと戻っていった。

巫女は出てきそうにない。アユはアズラに葉巻形パンを勧める。

「お義母《かあ》さんは、食べない？」

「食べたいですが、私は見張りなので、槍を手放すわけにはいかないのです」

「だったら、食べさせようか？」

「そ、それは……」

「はい」

一口大に切り分けた葉巻形パンを、アズラの口元へと持って行く。数秒躊躇《ためら》っているようであったが、そのあとすぐにかぶりついていた。暗闇の中、葉巻形パンを食べるサクサクという音だけが聞こえる。続いて、アユはアイランの入ったカップを差し出した。

アズラは喉が渇いていたのか、一気飲みする。二杯目もまた、すぐに飲み干した。

「これは……飲みやすいアイランです。美味しい」

「よかった」

「葉巻形パンも、素晴らしいですね」

すべて食べたアズラから、礼を言われる。

「とても、美味しかったです。きっと、我が息子リュザールも好きでしょう」

「だったら、今度作ってみる」

「ええ、そうしてあげてください。あとは私達に任せて、あなた達はもう休みなさい」

「わかった」

ここで、アズラとは別れた。エリンをヌムガの家まで送ってから自らの家屋へと戻る。

白イタチのカラマルはすでに丸まって眠っていた。ぴいぴいという寝息だけが聞こえる。

歯を磨き、髪を梳ったあと、織物《キリム》とフェルトを敷いて眠る準備をした。

灯火器の灯りを消し、精霊に夜の挨拶をして横たわる。今まで賑《にぎ》やかな人達の中にいたからか。

なぜか、寂しいような気がしてならない。

いてもたってもいられず、アユはむくりと起き上がる。

アユは遠くに置いてあったカラマルの籠を自らの頭上に置いて再度横たわった。

カラマルのぴいぴいという寝息だけでも、いくらかは落ち着くことができた。

早く、リュザールが帰ってきてほしい。そんなことを考えながら、微睡《まどろ》んだ。

◇◇◇

太陽も昇っていない朝――否、まだ夜明け前と言ってもいい。そんな時間帯に、早すぎる訪問者が現れる。

「ちょっとリュザール様！　結婚したってどういうことなの⁉」

家屋の中を強い灯火器で照らされ、アユは目を覚ました。

「んっ……誰？」

「あなたこそ誰よ⁉」

聞こえるのは、若い女性の声である。覚醒しきっていないアユには、今の状況がまったく理解できなかった。

アユは目を擦《こす》り、ゆっくりと起き上がった。すると、目の前に黒い鷲の羽根がぐぐっと突き付けられる。

「ねえ、これ、リュザール様の鷲の羽根よね？」

「……たぶん」

「たぶんって何よ！　ユルドゥスで黒い鷲を持っているのは、リュザール様だけなんだからね」

「そうなんだ」

「常識よ！」

女性と話をしているうちに、アユの意識はだんだんとはっきりしてくる。

灯火器に照らされる女性は、珍しい髪の色をしていた。

「研いだばかりの、鉄の色……」

「何が⁉」

「あなたの、髪」

「これは鉄色ではなくて、銀よ！」

「銀？」

「そう。失礼な人ね！」

「銀、見たことないから」

「あら、そうなの？」

女性はもぞもぞと動くと、アユの目の前に何か突き出してくる。

「これが、銀よ！」

「これが、銀」

「そう」

ザクロの花を模した、美しい細工であった。研いだばかりの鉄よりも綺麗で、繊細に見える。女性の髪色と銀はよく似ていて、美しかった。

ここで、女性と初めて目が合う。ガーネットのような瞳は切れ長で、猫の目のように吊《つ》り上がっている。勝気な美人だ。年頃はリュザールと同じくらいか。すらりと背が高く、燃えるような熱い眼差しでアユを見下ろしていた。瞳に浮かんでいる表情は烈火のごとく。その正体は、怒りだろう。

「あなたは、リュザールの、知り合い？」

「知り合いもなにも、わたくしはリュザール様の婚約者よ」

「婚約者？」

「あなたは何者なの？　リュザール様の家がなくなっていて、ここに黒鷲の羽根が刺さっていたことに驚いたんだけど」

　ユルドゥスでは、鷲の羽根を表札代わりにするらしい。そのため、ここがリュザールの家だと気づいたのだとか。

「婚約者……あなたは、リュザールと、結婚の約束を？」

「そうよ」

　そういえば、以前リュザールは結婚についての話を父メーレとしていた。

　エシラ・コークス。十六歳の、炎の大精霊に愛される娘である、と。年上だと思っていたが、アユと同じ年だった。リュザールとアユの結婚話を聞きつけて、やって来たのだろう。

「あなたは、コークス家のエシラ？」

「そうよ。あなたは——リュザール様の家にいるってことは、まさか！」

「私は、リュザールの妻」

「なんですって!?」

　エシラはアユの肩を摑み、じっと睨《にら》みつける。

「嘘《うそ》を言ったらダメよ。リュザール様の妻が、まだこの世に存在するはずがないわ」

「でも、リュザールは私を選んだ」

「嘘よ！」

　どうすれば信じてもらえるのか。アユは朝から困り果てる。

『キッ！』

　騒ぎで、カラマルが目覚めたようだ。食事を要求するため、アユのもとへと近寄って来る。

「そ、それ、イタチじゃない！」

「イタチじゃない。白イタチ《フィッチ》。イタチを、家畜化させたもの」

「同じよ！」

同じではない。野生のイタチと違って体臭はほぼないし、人によく懐いている。

「ちょっと、近寄らせないで！　イタチに噛まれると、病気になるって聞いたことがあるわ。それに、肉食で人間に噛みつくこともあるって」

「だから、これは白イタチで」

「早く追い出して！」

「あなたが、出て行ったら？」

「どうして!?」

「だって……」

ここはアユとリュザールの家だ。エシラのほうが部外者であることは明らかである。

「結婚についての話は、リュザールのお父さんとお母さんに聞きに行って」

「それも、そうね」

あっさりと引き下がる。エシラはなかなか摑みどころの難しい女性だった。

エシラが出て行くと、アユはふうと息を吐く。そして、近くでキイキイ鳴いているカラマルに、餌を与えた。

外から太陽の光が差し込む。夜は明け、朝となった。朝食を作り、巫女に持って行く。

入口の布を開け出てきた炎の大精霊の巫女イルデーテに、食事を手渡した。

「アユさん、昨日の差し入れ、とっても美味しかったです。小腹が空いていたので、みんな喜んでいましたわ」

「そう、よかった」

巫女達も差し入れであった葉巻形パンを食べたようだ。

「赤ちゃんは？」

「ええ、元気な男の子が生まれて」

母子ともに健康らしい。ハルトスでは、出産と同時に、母子共々命を落とすことも珍しくない。だから、心からホッとした。

「アユさんは、何かありました？」

「え？」

「少し、元気がないように思えて」

「それは――」

原因はエシラの訪問である。彼女が正統な婚約者だと主張していた。自分がいなければ、リュザールは彼女と結婚していたのだ。そのことを思うと、胸がぎゅっと苦しくなる。

イルデーテに話してみたら、心配ないと励ましてくれた。

「あなた方の結婚は、大精霊様が認めたものです。胸を張っていたらいいですよ。そうは言っても、気持ち的には落ち着かないでしょうけれど」

イルデーテはアユが作った朝食を掲げて言った。

「美味しい料理を作ったその手が《エルニゼ・》、健やかであるように《サオルック》」

アユは複雑な表情のまま、言葉を返した。

「その料理があなたの健康にいいように《アーフィエット・オースン》」

家に戻ると、アズラが胡坐《あぐら》をかいて座っていた。隣には、正座をしているエシラの姿がある。

「我が息子リュザールの嫁アユ、戻りましたか」

アズラの『嫁』という言葉がいつもよりも強調されている気がした。

「そこに、座ってください」

「うん」

エシラが正座だったので、アユもそれに倣う。

「朝……いや、夜と言っていいかもしれません。あなたのところに、この暴走娘が来ましたね？」

「来た」

「何をしましたか？」

「銀の胸飾りを、見せてもらった」

そう答えると、アズラは目を吊り上げさせてエシラを睨む。

「エシラ・コークス。この話は聞いていませんが？」

「ど、どうでもいいことでしょう？」

「洗いざらい、全部話せと言いましたよね？」

「だ、だって、この子が――」

「アユのせいにしない！」

どうやら一度、裏で事情を聴いていたようだ。アユにも話を聞いて、辻褄《つじつま》合わせをしたいらしい。

「まったく、勝手に押しかけて、私物の自慢をするなんて」

「お義母さん、自慢じゃない。私が銀を見たことがなかったから、見せてくれた。とっても、綺麗だった」

「……」

「……」

アズラはごっほんと咳払《せきばら》いする。

「とにかく、この娘は非常識なことをしましたね？」

「それは、まあ」

寝ているような時間に訪問するのは、非常識でしかない。その点はアユも認める。

「実はもう一人、非常識な輩《やから》がいまして」

いったい誰なのか。アズラは先ほどよりも表情が険しくなる。

「それは――我が夫メーレです」

「お義父《とう》さんが、なんで？」

数か月前、リュザールはエシラとの間にあった婚約を、彼女の父であり草原の大商人であるドル・コークスのもとへ赴いて直接断っていたらしい。

「大商人ドル・コークスと、我が息子リュザールとの間で、大商人の娘エシラとは破談となりました。しかし――」

父親から婚約破棄を聞いたエシラは、納得できなかった。

この結婚は、ユルドゥスの発展にも繋がる。悪い話ではないと訴えたのだ。

「大商人ドル・コークスも、娘が可愛《かわい》かったのでしょう。すぐに、我が夫メーレを呼び寄せ、それはそれは豪勢な宴《うたげ》を開いたそうです」

良い酒を振る舞われ、メーレは酩酊《めいてい》状態となった。そんな中で、エシラの父は再度リュザールとの結婚話を持ち出したのである。

「狡猾《こうかつ》な大商人ドル・コークスは、ユルドゥスの発展についてはロにせず、我が息子リュザールと、大商人の娘エシラは互いに素直になれず、顔を合わせるたびに反発しあっているだけで、本当は深く愛し合っているのだと唆《そそのか》し——」

ドル・コークスは情に訴える作戦に出たのだ。酒も入って普段以上に感情的になっていたメーレは、二人の結婚をその場で承諾してしまった。

誓約書も交わしていたらしい。大商人ドル・コークスは用意周到だった。

「夫メーレは覚えていなかったようです。しかし、我が家の隠し宝庫の中に、しっかり息子を売り飛ばす内容の誓約書が入っていました」

悪いのは誰か。結婚を断られたのに、諦められなかったエシラか。それとも、不用心に酒を飲み、息子の結婚話を勝手に進めた父メーレか。

「決めかねたので、両成敗としておきました」

そんなわけで、アユの知らぬところでリュザールを巡る結婚話は、いささか拗《こじ》れていた。

「私は、夫メーレが決めていた通り、我が息子リュザールの結婚は本人に任せるつもりでした。だから、この結婚に異議はありません。しかし、この娘はどうにも納得していないようで」

「だって、あなたが来なかったら、リュザール様はわたくしと結婚する予定だったのに」

「まだ言いますか！　我が息子リュザールは、何があろうと大商人の娘エシラと結婚するつもりはなかったのですよ！」

「……」

だんだんと涙目になっていくエシラを見ていると、アユは気の毒になる。しかし、アユを妻にと選んだのはリュザールだ。そして、この結婚は大精霊に認められた。

今更、覆すことはできない。

「さあ、悪いことをしたと、我が息子リュザールの嫁アユに謝りなさい」

「……」

「さあ！」

「……」

エシラは唇をぎゅっと噛みしめ、黙り込む。

アズラはアユに謝罪させるために連れてきたようだが、まったくその気はないようだ。

「そもそも、あなたはリュザール様の嫁に選ばれるほど、素晴らしい祝福を得ているの？」

「……」

アユは目を伏せ、膝の上に拳を作る。祝福については、突《つ》かれたくないことであった。

「え、どうしたの？　なんの祝福を得ているのか、聞いただけじゃない」

「……」

「アズラ様、彼女は、どういった祝福をお持ちで？」

「それは――」

アズラは言いよどむが、祝福がないことは悪いことではない。そう思ったのか、はっきりアユには祝福がないと述べた。

「祝福がないですって？　だったら、リュザール様の額には、精霊石がないってこと？」

「それは、そうだけど」

「それであなただけ、リュザール様の精霊石を額に宿していると？」

「……」

エシラはありえないと、糾弾した。

「なんで、リュザール様はあなたみたいな人を選んだのかしら？　もしかして、色仕掛けでもしたの？　リュザール様が、小娘に騙《だま》されたと？」

「やめて。リュザールを悪く言わないで」

アユについていろいろ言うのは許せるが、リュザールを悪く言うことだけは許せなかった。

初めて、アユはエシラを睨みつけ、反抗的な態度に出る。

「な、何よ。同情だか、色仕掛けだか知らないけれど、卑怯《ひきょう》な手を使って結婚まで持ちかけたのね」

アズラが何か言おうとしたが、それよりも早くアユが喋りかけた。

「だったら、私と勝負をする？」

「え？」

「リュザールの妻の座を賭けての、勝負を」

一度、納得してもらわないと、この先も同じようなことが起きる可能性があった。

難癖付けられるのも困るので、アユは提案する。

「勝負って、あなた、負けたらここから出て行くの？」

アユはじっとエシラを見る。了承するという意味だ。それに待ったをかけたのは、アズラである。

「何を言っているのですか！　そんなこと、認められません」

「でも、エシラは私達の結婚に納得していない。私が彼女に勝たなきゃ、きっと、後腐れが残る」

「ですが――」

「勝負、しましょう」

エシラがアユの勝負に乗った。

「もしも、わたくしが負けたら、リュザール様のことは忘れるわ」

二人の女性は睨み合う。

アズラは溜息を落とし、呆《あき》れた様子でアユに言った。

「あなた達はいったい、なんの勝負をするというのです？」

「それは――」

駆けっこ。

アユはごくごくシンプルな勝負を持ちかけた。

「駆けっこ、ですって？」

「そう」

アユはエシラの腕を摑んで立ち上がった。

「ちょっと、待って！　勝負が駆けっこって……」

「他に、したいこと、ある？」

「り、料理とか？」

「大商人の娘エシラ。止めておきなさい。我が息子以下略の嫁アユの料理の腕は極上です」

「だ、だったら、織物作りとか」

「勝負に何か月、かけるつもりですか？」

一本一本羊毛を編んでいく織物は、一日二日でできるものではない。寸法によっては、数か月から数年かかるものもある。

「は、機織りの、速さを競うとか」

「私は見ていませんが、彼女はほとんど一人で嫁入り道具を作ったそうですよ」

「ひ、一人で⁉」

結婚の際に持って行く持参品は、通常は母親や祖母に手伝ってもらいながら作る。そのため、そのすべてが自分で作った品物とは限らないのだ。

「そうだわ！　帳簿付けの速さと正確さを競うのはどう？」

エシラにも、誰にも負けない得意なことがあったようだ。大商人の娘らしく、帳簿付けは毎日のように行っているらしい。

「あ、あなた、計算とか、できるの？」

「それでも、いいよ」

アユはエシラをじっと見つめる。それは肯定を意味していた。帳簿付けは男性の仕事というのが一般的だが、アユの生まれ育ったハルトスでは違ったのだ。

「家族が取引した織物の計算も、作った乳製品の売上の計算も、すべて、私の仕事だった」

アユは羊の放牧をしつつ、帳簿付けも行っていたのだ。

「他の兄弟もできたけれど、私の計算が一番正確だったから、頼まれることが多かった」

正確には頼まれるというのではなく、押し付けられていたという言葉が正しい。しかしアユは、家族の事情を話したら義母に心配をかけると考え、敢《あ》えて言わなかった。

エシラのことはよく知らなかったが、だいたい手を見ればどういう女性であるかわかる。

織物に励んでいたら、手先は節くれ立つ。家事を毎日していたら、手は荒れる。

木製の計算器具を弾いていたら、指先は太くなるのだ。

一方で、エシラの手は、ほっそりしていて綺麗だった。おそらく、蝶《ちょう》よ花よと大切に育てられ、暮らしてきたのだろう。

アユは料理も、織物作りも、帳簿付けも、確実にエシラより回数をこなしている。

言い方は悪いが、のうのうと暮らしているような彼女に負けない自信はあった。

だから、平等に闘えるように、アユは駆けっこをしようと提案した。

「料理も、織物も、帳簿付けも、自信がある、ですって？」

「それだけ、やってきたから」

アユの主張は、エシラの闘争心に火を付けてしまったようだ。

「わたくしだって、厳しい花嫁修業はこなしてきたわ。あなたなんかに、馬鹿にされる筋合いはないのよ！」

「馬鹿にはしていない。事実を述べたまで」

アユの冷静な物言いも、エシラは気に食わないようだった。

「あ、あなたみたいな、なんの努力もせずに、ぽっと出でリュザール様と結婚できた人に、わたくしの気持ちなんて、わからないのよ！」

「なんの努力もしていない？」

「そうよ！」

火花を散らすエシラと、永久凍土のように冷え切った表情を浮かべるアユの間に、アズラが割って入る。

「二人共、落ち着きなさい」

エシラは今にもアユに飛び掛かりそうな雰囲気だった。一方、アユもやられたらやり返すという姿勢でいる。アズラが止めなければ、取っ組み合いの喧嘩になっていたかもしれない。

いつの間にか、リュザールとの結婚に関係なく、女の意地を懸けた闘いになっていた。

「いいわ。駆けっこで、勝負しましょう」

「受けて立つ」


すぐさま二人は集落を離れ、草原に向かった。その闘いを、アズラが見届ける。

一人では足りないので、暇なイミカンを連れてきた。

「終着点に、我が義愚息《むすこ》イミカンを立たせていますので」

イミカンは眉尻を下げ、優美な顔《かんばせ》を曇らせている。

「争いなんて止めなよ。魂が、醜くなってしまう」

「我が義愚息イミカン、ごちゃごちゃ言わずに、立っていなさい」

「義母上《ははうえ》……わかったよ」

アユとエシラは、草原にポツンと立つ木を目標に走る。先に木の幹に手をついたほうが勝ちだ。

距離は五十米《メートル》突ほど。

のろのろと歩き、なかなか木に到着しないイミカンを、アズラが急《せ》かす。

「我が義愚息イミカン、走りなさい！」

そう訴えても聞かないので、アズラはイミカンを追いかけた。

肉食獣に追いかけられる草食獣のようにして、イミカンは木に辿《たど》り着く。

戻ってきたアズラは、やれやれといった様子で呟いた。

「まったく、あの男は……」

「リュザール様のお兄様、相変わらずね」

「大商人の娘エシラ、婿にどうです？」

「絶対に嫌！」

ここでも、イミカンはあっさりと振られている。

草原で持て囃《はや》されるのは、頼りになる男なのだ。イミカンはユルドゥス一の美貌の男であったが、ヘラヘラしている上にぐうたらで働きたがらない。そのため、女性陣からまったく見向きもされていなかった。

アズラはイミカンの結婚を諦めていないようで、食い下がる。

「あれを店の前に置いて、楽器でも弾かせていたら客寄せになると思うのです」

イミカンの唯一の才能、楽器の演奏はアズラも一目置いている。

草原ではまったく評価されないことであるが、街に出たら別なのではとエシラに提案していた。

「確かに、あの容姿は客を惹《ひ》きつけるかもしれないわ。婿としてではなく、従業員としてなら――いいえ、今はそれどころじゃないわ」

「そうでしたね」

エシラはアユをまっすぐに見て、宣言した。

「絶対に勝つわ！」

「私も、勝つ！」

双方、負けるつもりはないようだ。

「そうだわ。負けたほうは、勝ったほうの言うことを一度だけ聞くというのはどう？」

「別に、構わない」

「そう。よかった」

エシラは終着点にいるイミカンを指差しながら言った。

「あなたが負けたら、ぐうたらなお兄様と、結婚して」

アユは奥歯を嚙みしめながら、エシラをじっと見つめていた。

「ねえ、あなたは、わたくしに勝ったら何を願うの？」

「願い？」

「そう。わたくしと、同じことを願う？」

エシラが負けたら、イミカンと結婚する。これで、公正だ。しかし、アユは首を横に振って提案を取り下げる。

「だったら、何を願うの？」

「私は――エシラ、あなたと友達になりたい」

「はあ!?　なんでそうなるの？」

「だって、私は知らないことばかりだから、いろいろ教えてほしいの。代わりに、私が知っていることを、教えるから」

「あなたの知っていることとって？」

「食べられるキノコの種類とか」

「何よ、それ。そんなの、ぜんぜん知りたくもないわ」

「だったら、草原で速く走れる方法とか？」

「!?」

アユは革の靴を脱ぎ、花嫁用の絹の長靴下をするりと取る。両方とも、地面に並べて置いた。

「あなた、裸足《はだし》で走るつもり？　石を踏んだり、草で切ったりしたら、危ないじゃない」

「平気」

「なぜ、裸足なの？」

「秘密」

アユはエシラの問いかけに答えながら、膝を曲げて伸ばしてを繰り返し、大きく背伸びする。

その行動の意味を、エシラはまったく理解していなかった。

「我が息子リュザールの嫁アユ、大商人の娘エシラ、そろそろ、始めますよ」

「いつでもいいわ」

「準備はできている」

アズラは手を上げて、叫んだ。

「よーい、始め！」

振り下ろされた手を合図に、アユとエシラは走り出す。初めに前へと躍り出たのは、エシラだった。子どもの頃から、運動神経がいいと言われて育った彼女は、足が速い。

アユが駆けっこで勝負すると提案した時、突拍子もなさすぎて目が点となった。けれど、心の中では勝利を確信していた。駆けっこは得意だった。

年の離れた兄達と競ったことがあったが、一度も負けたことがないほど。

エシラはアユを不思議な子だと思う。自分の得意分野で勝負すればいいのに、公正ではないからと選ばなかった。

アユは一見大人しく、ぼんやりしているように見えるけれど、時折見せる強い瞳にハッとすることがあった。

リュザールは彼女のここに惹かれたのか。短い時間で、不思議と気づいてしまった。

だからといって、二人の結婚は許せない。

リュザールと将来を誓ったのは、このエシラ・コークスである。絶対に、負けるわけにはいかなかった。

もうすぐ、イミカンの待つ一本木に辿り着く。

「——え!?」

ふいに、ぐらりと体が傾く。エシラは転倒してしまった。

その間にアユが追いつき、追い越した。エシラも慌てて起き上がって走るが、先ほどと違って上手く走れない。

どうしてなのか。思うように、前に進まないのだ。アユとの距離は縮まらず。

そうこうしているうちに、アユが先に終着点である一本木に手を付いた。

エシラは、負けてしまった。

「どうして!?」

エシラは納得せず、アユを糾弾する。

「あなた、卑怯な手を使ったのでしょう？」

「卑怯な手って？」

「何か、草原に仕掛けていたんだわ！」

「勝負する場所を決めたのは、お義母さん」

「だ、だったら、精霊様の力をお借りしたの？」

「使っていない」

「証拠は？」

「無風だったでしょう？」

アユの言う通り、今日は風がない。追い風でも、向かい風でもなかったのだ。

「何をごちゃごちゃと言い合っているのですか！」

エシラとアユは、アズラのあまりの迫力に言葉を失う。小娘を黙らせるような、一喝だったのだ。

アズラはイミカンを睨み、事情を説明するよう目力で訴えた。だがイミカンは飛び火が来ることを恐れたのか、明後日《あさって》のほうを向いて関係者ではないように装う。

「怒らないので、説明しなさい」

「アズラ様、この子、ズルをしたの！　わたくしを、転ばせて」

「アユがあなたの足を引っかけたというのですか？」

「わからないわ。でも、急に足が掬い取られたのよ！」

その主張に、アズラは目を細める。地面の様子を確認し、ハッとなった。

「……ああ、なるほど」

「やっぱり、ズルをしていたの？」

「いいえ。我が息子リュザールの嫁アユはズルなどしていません。納得いかないのならば、もう一度勝負をしたらどうですか？　たぶん、あなたは勝てないでしょうが」

「ど、どうして？」

「アユは、知っていたのです。あなたは、知らなかっただけ」

「意味が、わからないわ」

「それもそうでしょう。これは、早朝から働く者しか、知らないことですから」

「ねえ、アズラ様、勿体ぶらないで、説明してくれる？」

「その前に、もう一度勝負をしますか？　しませんか？」

「するわ！　だって、納得できないもの！」

「そうですか。アユ、問題ないですね？」

アユはじっとアズラを見つめる。それは、承諾を意味していた。

今度はイミカンを出発点に立たせ、終着点にアズラが立つ。

同じ距離を同じように走ったが——エシラは負けた。

どうしてか先ほどよりも上手く走れず、最初からアユに追い越され、背中を追う結果となった。

「どう……して？　どうして、勝てないの？」

「大商人の娘エシラ、負けは認めますね？」

「ズルは、していないのでしょう？」

「ええ。不思議な力の類も、彼女自身、細工もしていません。もう一度問います。負けを認めますね？」

「……」

「エシラ・コークス！」

「わ、わかったわ。わたくしの負け。これで、満足？」

「結構」

悔しくってたまらないエシラは、奥歯を嚙みしめる。

「太陽が昇りきるまで眠っているあなたに、この時間の駆けっこは勝てるはずもないのですよ」

「どういう、こと？」

「しゃがみ込んで、草を見ればわかります」

アズラに言われた通り、エシラは座って草を見る。しかし、いつもと変わらないようにしか見えない。

「その点で、あなたは負けていたのです」

アズラもエシラの隣にしゃがみ込み、草に触れる。指先には、水滴が付いていた。

「これは、朝露です。この時期は湿気が特に多く、昼前まで、草原は湿り気を帯びているのです。この状態で走ったりしたら——あとは、言わずともわかりますね？」

「革の靴だと、滑る……！」

「そうです。朝早くから働く彼女だからこそ、知っていたのでしょう」

あっさりと、エシラは負けてしまった。もう、リュザールとは結婚できない。

エシラの眦《まなじり》から、ぽたり、ぽたりと涙が滴る。

「わ、わたくし、リュザール様の、お嫁さんになるために、今まで、努力をしてきた、のに……。リ、リュザール様が、草原一の、働き者が好きだっていうから、毎日、嫌いな家事も、頑張って……」

そのあとは言葉にならなかった。

「草原一の働き者というのは、わかりやすい断り文句だと思いますが……」

「ア、アズラ様、何か、言いましたか？」

「いいえ、なんでも」

「駆けっこだって、一度だってお兄様達にも負けたことがないのに」

「それも、勝たせてもらっていたのでしょう」

「え？」

「なんでもありません。さあ、二回も勝負をしてくれた、我が息子リュザールの嫁アユに言うことがあるでしょう？」

アズラの言葉を受け、エシラは立ち上がってアユに向かって叫んだ。

「あなたのことなんて、大嫌い!!」

そういうことではない。アズラは額に手を当て、天を仰ぐ。そんな反応も、エシラには見えていなかった。

一方で、エシラの大嫌いだというその言葉に、アユも正直な気持ちを返す。

「私は、別に嫌いじゃないよ」

「な、なんで!?」

「だって、気持ちを隠さずに、素直になることは、簡単にできることではないから」

やはり、友達になるのは難しいのか。アユはそんなことを問いかけてくる。

「賭けに負けた大商人の娘エシラは、我が息子リュザールの嫁アユの友達にならなければなりません。しかし、友情というのは、自然と生まれるものです。賭けをして、手に入れるものではないのかもしれませんね」

さらさらと、草原に気持ちのいい風が流れる。それは精霊が「もういいだろう」と静かに囁《ささや》いていたようだった。

精霊の声なき言葉に、この場にいた誰もが従う。

「しかし、大変な迷惑をかけたことは事実。大商人の娘エシラ、今日一日、我が息子リュザールの嫁アユの仕事を手伝いなさい。いいですね」

「え、なんで……？」

「いいですね！」

拒否権のない「いいですね」だった。

エシラは頷く他ない。

◇◇◇

夕方、リュザールはアユに土産を買い、帰宅する。

選んだのは、木製の花の胸飾りであった。

渡したら、彼女はどんな顔をするのだろうか。

ドキドキしながら帰宅をしたが――とんでもない光景を目にする。

「あら、おかえりなさい」

にっこりと、エシラがリュザールに微笑みかける。その隣に、せっせと裁縫をするアユの姿があった。

元婚約者と妻が一緒にいる、ありえない状況である。

「はあ、おまっ、なんでだよ!?」

リュザールは状況が理解できず、大声で叫んでしまった。

「エシラ・コークス、お前、なんでうちにいるんだよ！」

「なんでって、リュザール様が結婚すると聞いたから来たのよ」

「はあ!?」

　詳しく話を聞いてみると、とんでもない事実が明らかとなる。なんと、断っていたエシラとの結婚話を、酔った父メーレが勝手に進めていたらしい。そのため、リュザールはエシラと婚約関係にあるにもかかわらず、アユと結婚したことになっていたようだ。

「お前、なんでそんなことをしたんだよ」

「だって、わたくしは幼い頃からリュザール様と結婚するものだと言い聞かされていたから、それ以外の男性との結婚を、まったく考えていなかったの」

「はあ？　お前、口では俺との結婚を嫌がっていたじゃないか」

「それは、リュザール様がまったく優しくないからで、別に、本当に嫌だったわけじゃないわ」

「なんだよ、それ！」

　エシラの考えていることは、昔から理解不能だったのだ。機嫌がいいと思っていたら怒りだし、怒っていたと思っていたら上機嫌になる。彼女のころころ変わる機嫌に生涯付き合い続けることを想像したら、ゾッとしてしまった。だから、リュザールは結婚の話を断ったのだ。

「もしかして、わたくしが嫌だと言わなかったら、結婚していたの？」

「いいや、断っていた。俺達は、元より相性が悪かったんだよ」

　エシラは涙を浮かべていたが、はっきり言っておかないと、また同じように押しかけてくるかもしれない。リュザールは包み隠すことなく、気持ちを伝えた。

「別に、お前の人となりは嫌いじゃなかったよ」

「ほ、本当？」

「女として、惹かれるところはまったくなかったが」

「そ、そういうの、言わなくてもよくない？」

エシラの涙はすぐさま引っ込み、怒りの形相となる。

「ねえ、アユ！　あなた、こんな人と結婚して、苦労するわよ？」

「なぜ？」

「だって、口が悪いわ」

「リュザールは、素直なだけ。私は、人の気持ちを察することができないから、助かる」

「で、でも、傷つかない？」

「別に」

リュザールはアユの、こういう飾らないところが好ましいと思う。エシラのように嵐のごとき感情の起伏もなく、草原を漂う優しい風のような気性を持つ彼女といると落ち着くのだ。

「なんだか、リュザール様の花嫁にしておくには、もったいない気がするわ」

そんなことを言いながら、エシラはアユの頬を突きだす。

アユは怒らず、されるがままになっていた。

「お、おい、エシラ・コークス。アユの頬を突くな」

「この子のほっぺ、張りがあって、すべすべで、ぷにぷにしているの」

「どういう経緯で、それを発見したんだよ！」

「勝負をした時。アユに負けて、悔しくなってほっぺを摘まんだの」

「おい、待て。お前、なんの勝負をしたんだ？」

「リュザール様の花嫁の座を賭けた勝負だけど」

リュザールは両手で顔を覆い、膝から頽《くずお》れる。

「お前ら、何をやっているんだよ……」

「だって、この結婚に納得いかなかったから」

「納得いかないって、大精霊が認めた結婚が、覆るわけがないだろうが」

深い、深い溜息を吐《つ》き、リュザールはアユのほうを見る。

「アユ、お前も、なんで勝負なんか受けたんだよ」

「遊牧民の教えの中に、『雨を待つより、雨の降る地へ行け』という教えがある。欲しい物があったら、ぼんやりしていては手に入らない。だから、私は勝負をして、勝ち取った」

そうだったと、リュザールは思い出す。

遊牧民の古き言葉の中に、『猛《たけ》き者が遊牧し、弱き者が耕す』というものがある。

安寧を手にする街暮らしの者と違い、遊牧民は自然に身を任せ、毎日が冒険という過酷な環境の中で暮らしてきた。

遊牧をして暮らす者は精神的にも、体力的にも強《したた》かなのだ。

裕福な商人の娘であり、使用人に囲まれて暮らすエシラが、アユに勝てるはずがない。

それと同時に、エシラは遊牧民の生活にはついてこられないことにも気づく。

とは言っても、持ち前の勝気さでついてくるだろうが、それが二年、三年と続くとも思えなかった。

リュザールは改めて思う。自らの花嫁選びは間違いなかったのだと。

「まったく、しようもないことをしやがって」

「でも、スッキリしたわ。完全に、わたくしの負けよ」

「そんなに、徹底的に負けたんだな」

「ええ。まさか、駆けっこで勝負するなんて、想定外だったけれど」

「駆けっこ……だと？」

リュザールの妻の座は、駆けっこで決めた。なんとも、単純な勝負である。

「まあ、勝負の内容はどうでもいい。エシラ・コークス、お前、アユの頬を突くのを止めろ」

「リュザール様も、アユをぷにぷにする？」

「は？」

エシラを見たあと、アユのほうに視線を移す。嫌がる気配はなく、じっとリュザールを見ていた。これは、しても問題はないという意味だろう。

「さあ、どうぞ、リュザール様」

「な、なんでお前が勧めるんだよ。アユは俺の妻だ。頬をぷにぷにするか否かは、俺が決める！」

「それもそうね」

エシラはそう言って、すっと立ち上がる。そのまま出て行くと思っていたが、振り返って指先で何かを弾いた。

キラキラ光るそれは、弧を描くようにしてリュザールのもとへと飛んでくる。

手のひらの中に飛び込んできたのは、一枚の金貨だった。金は、結婚を祝福するものである。

「リュザール様、お幸せに」

「お、おう」

エシラが出て行ったあと、アユと二人きりになって急に静かになる。

そんな中、アユはリュザールに話しかけてきた。

「リュザール」

「なんだ？」

「ほっぺた、ぷにぷにする？」

「今はいい」

「そう」

再度静かになったが、再びアユはリュザールに話しかけた。

「リュザール」

「なんだよ」

「おかえりなさい」

そう言われ、家に帰ってきたことを実感した。

護衛の仕事で張りつめていた心は、じんわりと解《ほぐ》れていく。

リュザールは、言葉を返す。

「ただいま」

◇◇◇

嵐は去った。ようやく、リュザールは一息つける。大きな事件はなかったが、日差しが強くてくたくたになったのだ。

アユが紅茶を用意してくれる。砂糖と牛乳をたっぷり入れて飲んだ。

「リュザール、お仕事、どうだった？」

「まあ、いつも通りだな」

時期がよかったのか。狼に出遭うこともなく、侵略者の一族に襲われることもなく、何事もなく終わった。

「ただ、織物が――」

隊商の護衛はユルドゥスの得意先で、絨毯商《じゅうたんしょう》だった。

リュザールが結婚したと聞くと、立ち寄った街でごちそうをふるまってくれた。

普段は入れない高級店に連れて行かれ、子羊の丸焼きに、ナスのひき肉詰め、肉団子のスープに、魚のトマト煮込みなどをお腹いっぱい食べた。

どの料理も美味しかったが、どうしてもアユの料理と比べてしまう。

リュザールには、アユの料理のほうが美味しく感じてしまったのだ。

そう思っていたが、物事を単純に比べて評価するのは失礼なことだと気づく。

言い換えると、アユの料理のほうが、リュザールにとって好みだったのだ。

隊商の商人に、アユとはどこで出会ったのかと聞かれる。

適当に、買い付けの時に出会って親族に許可をもらい、結婚することになったと説明しておいた。アユの個人的な情報は、他言しないほうがいいと思ったのだ。

深く聞かれないために、今度は商人達に話を聞き返す。

今年の仕入れ状況はどうだったのかと。ここで、意外な情報を聞くことになった。

上質な織物を生産することで評判の山岳遊牧民が、来年の仕入れの一部を断ってきたらしい。

なんでも、一族イチの織り手である娘が、何者かに攫《さら》われてしまったと。

その娘の織物は豪族に人気で、高額で取引されていたようだ。来年の入荷がないので、皆落胆しているようだ。収入がガタ落ちしてしまうとも。その娘の絨毯を売るついでに、他の絨毯も買ってもらうことが多かったのだとか。

商人はその遊牧民の名を告げなかった。リュザールも、聞かない。

互いに、深入りしないようにしている。

しかし、リュザールは考える。もしも、その遊牧民がハルトスならば、村一番の織り手とはアユのことではないのかと。

仮に、アユの居場所が露見してしまったら、何を言ってくるかわからない。けれど、織物で有名な遊牧民はハルトスだけではない。きっと、考えすぎなのだと思うことにした。

「リュザール、それで、織物がどうしたの？」

「あ、いや、そう！　他の遊牧民の織物が買い取りできない代わりに、ケリア義姉《ねえ》の絨毯を買い取りたいっていう話になって」

「そう」

リュザールの二番目の兄の妻ケリアは料理の才能はないが、絨毯作りは上手い。

ユルドゥスの中でも、一、二の腕前なのだ。

「ケリア義姉が受けるかどうかわからないけれど、とりあえず、商談の機会を得て、帰ってきたというわけだ」

「そっか」

ここで、ずっと握りしめていた土産の存在を思い出す。商人にそそのかされて、買ってしまったのだ。いつもならば、このような衝動的な買い物はしない。しかし、慣れない村にアユを一人で残してきたという後ろめたさもあいまって、購入してしまった。

「あ〜、これ、やる」

「ん？」

それは、中東桔梗《ユーストマ》の赤い花を模した木製の胸飾りである。

ユーストマは初夏の花で、花言葉は「感謝」。薔薇に似た華やかな花で、女性にも人気が高い。

そんな商人の売り文句に釣られてしまったのだ。

包みを開いたアユは、目を丸くする。

「これを、私に？」

「お前以外、誰がいるんだよ」

そう返した瞬間、アユの目が宝石のようにキラリと輝く。アユは大きな瞳が零れてしまいそうなほど、じっと胸飾りを凝視していた。

「あ、いや、そんなに高価なものじゃなくって……」

「嬉しい」

「え？」

「こういうの、はじめて。とっても綺麗だし、いつまでも見ていられる。ありがとう」

「だったら、いいけれど」

思いがけず、喜んでもらえたようだ。

「その辺にある羊毛で、肩かけかなんか作れよ。夏は、日差しが強いから、一枚か二枚は必要だろう？」

「うん、わかった。あ、羊毛といえば、来年売りに出す絨毯はどうする？」

遊牧民の女性は、半年以上かけて一枚の絨毯を作る。それは、一年の暮らしを支える大きな収入源となるのだ。柄や色など年ごとに流行があり、妻は夫とどんなものを作るか話し合うのだ。

「流行は気にするな。その代わり、よくある古い柄で作れ」

「どうして？　高値が付かなくても、いいの？」

「いい」

あまり、アユの絨毯を市場で目立たせたくはない。だから、よくある古い柄で作るように提案した。

「だったら、このユーストマの花の柄にする」

「ユーストマか。いいかもしれない」

「明日、染色に使う草木を集めに、放牧についていってもいい？」

「ああ、好きにしろ」

絨毯作りは、糸にした羊毛を染めることから始める。春から初夏にかけての、瑞々しい植物を使うのだ。今の時季だと少し遅いくらいだが、草木は十分に生い茂っている。

「毒蛇には気をつけろよ」

「大丈夫。慣れているから」

心配なので付いて行きたかったが、リュザールにはリュザールの仕事がある。

アユのことは、放牧を任せている兄弟に託すしかなかった。
◇◇◇

朝、アユは陽の出よりも早く目覚める。今日も、リュザールは境界線を軽々と越え、アユを抱きしめて暖を取っていた。

おかげで、アユも肌寒さを覚えて目覚めることはなかったのだが、精霊と婚姻を結んでいる期間にこのようなことは許されるのか。ぼんやりしているので、答えは見つからない。

とりあえず、起きて朝食の支度をする。リュザールから借りた火打ち金で火を熾《おこ》し、灯火器に灯りを点す。

明るくなったのと同時に、白イタチのカラマルが近づいてきた。肉の欠片《かけら》を与えると、その場ではぐはぐと食べだす。今日も食欲旺盛のようだった。

昨日、リュザールが鶏を土産で買ってきた。鶏の放牧をしない遊牧民にとって、贅沢品である。ありがたいと思いつつ、調理する。

まず、昨日から仕込んでいた鶏ガラスープを温める。作り方は、鶏ガラを入れ、灰汁を丁寧に掬いながら三時間煮込む。白濁してきたら、鶏ガラを綺麗に掬い取って完成だ。

そのスープを、沸騰させないように弱火で熱する。

別の鍋にオリーブオイルをひき、みじん切りにしたタマネギを飴色になるまで炒めた。

同時進行で鶏もも肉を角切りにして、エストラゴンという根が竜に似た薬草と塩コショウを揉み込む。タマネギを炒めた鍋に鶏もも肉を入れて、焼き目が付いたらスープの中に入れる。

続いて、別の鍋にバターを落とし、短いパスタ《シュヒリエ》を入れて炒める。火が通ったら、これもスープの鍋の中に。

三十分ほど煮込んだら、『鶏肉と短いパスタのスープ《シュヒリイエリ・ダヴック・チョルバス》』の完成だ。

他に、白いんげん豆のサラダに、トマトと甘辛唐辛子の炒《い》り卵を作った。

精霊の分を皿に用意し、巫女のもとへと持っていく。

外に出ると、草原の地平線にうっすらと橙色の線が浮かび上がる。ちょうど、夜が終わる時間だった。初夏の朝は寒い。アユは歯を食いしばり、一歩、一歩と進んでいく。

まだ、巫女は起きていないので、朝食は出入り口に置いておいた。

そうこうしているうちに、リュザールの家畜の放牧を任されている兄弟が起きてくる。

羊飼いの兄弟、大人しい兄のセナに、活発な弟のケナンだ。

セナはまだ眠いのか、目が開ききっていない。ケナンは寝ぐせが酷《ひど》かった。

「セナ、ケナン、おはよう」

「おはよう、アユ様」

「おはようございます、アユ様」

「別に、様付けはしなくてもいいよ」

「わかった、アユ」

ケナンが呼び捨てにすると、セナが頬を引っ張る。

「バカケナン。呼び捨てはダメ。せめてさん付けにしなきゃ」

「う〜、大人の事情ってやつか！」

兄弟のやり取りを見て、笑ってしまう。アユの弟も、こんな感じで生意気だったのだ。

「セナにケナン、まだ、顔を洗っていないね？」

「……」

「……」

押し黙るということは肯定ということになる。

きっと、朝の水は冷えているから、洗いたくないのだろう。

「目が覚めるから」

そう言いながら、底の深い壺形の瓶《かめ》に入っている水を盥《たらい》に注いだ。

兄弟は微動だにせず。アユは溜息を一つ落とし、手巾に浸して絞る。それで、セナとケナンの顔を拭く。ケナンはされるがままだったが、セナは照れているのか大人しくしない。

「いい。自分でやる、から」

「セナ、じっとして」

奮闘すること五分。顔を綺麗に拭いてあげ、ついでにケナンの寝ぐせも整えた。

アユは兄弟を見比べ、満足げに頷いた。

「それでアユさん、今日はどうしたの？」

「放牧に行こうと思って」

巫女の家に立てかけておいた月の鳴杖を見せる。すると、ケナンが目を輝かせた。

「すげ～、かっこいい！　兄ちゃん見て、月の鳴杖だ！」

ユルドゥスで既婚者しか持つことを許されない月の鳴杖は、羊飼いの子どもの憧れでもある。

「俺も、大人になったら、月の鳴杖を使って羊を飼うんだ！」

「その前に、結婚できるかが問題だけどね」

セナがボソリと呟いた言葉は、ケナンには聞こえていないようだった。遊牧民の男性が結婚する時、花嫁の用意した持参品に対する返礼品が必要となる。そのほとんどは、成人になった時に父親から授けられた家畜を返礼品とするのだ。

よって、両親がいない兄弟が結婚をするということは、大変困難なことである。

はっきり言えば、無理だ。そのことをセナはわかっていて、ケナンはわかっていない。

アユは胸が締め付けられるような思いとなる。

兄弟の両親は、侵略者の一族に襲われ亡くなった。馬に家畜、家屋に、織物など、すべてを奪われてしまったのだ。兄弟が持っていたのは、己の命だけ。そんな状態で、ユルドゥスに保護された。彼らだけではない。ユルドゥスに身を寄せる者は、同じような境遇だ。皆が皆、同じように幸せになることは難しいのだ。

「ねえ、アユさん、月の鳴杖、ちょっと持たせて！」

「こら、ケナン！　それは、貴重で大事な物で――」

「いいよ」

「やった！」

ケナンは月の鳴杖を手に取り、嬉しそうにしていた。ぶんぶん振り回すと思っていたが、手に取って羨望の眼差しを向けるばかりであった。その横顔を、アユは笑顔で見守る。

「アユさん、ありがと！　やっぱり、かっこいいね！」

返してもらった月の鳴杖を、アユはセナにも差し出した。

「セナも持ってみる？」

「え？」

「ちょっとだけなら、いいよ」

「あ、ありがとう」

アユから受け取ったあと、わずかに口元が綻ぶ。

やはり、セナも月の鳴杖を持ってみたかったようだ。

「兄ちゃん、やっぱ、かっこいいよね！」

「うん」

兄弟が嬉しそうにする様子を、アユはいつまでも眺めていたかったが——そういうわけにはいかない。

「セナ、ケナン、放牧に、行こう」

◇◇◇

放牧をする者は、誰もが杖を持つ。

先端が丸く曲がっており、鈴が付けられている。これを、羊飼いの杖《シェパーズ・クルーク》と呼んでいる。

羊飼いの杖は、小高い丘を上がる時に突いて歩いたり、崖に落ちそうになった羊の首に引っ掛けて救ったり、鈴を鳴らして家畜に合図を送ったりする。

羊飼いの杖に華美な装飾を施した物が、月の鳴杖だ。

鈴の音は、家畜の道しるべにもなる。大事な仕事道具なのだ。

アユはセナとケナンに、リュザールの家畜囲いまで案内してもらう。放牧している羊や山羊は、夜の間は丸太を積んで作った囲いの中にいる。

セナが頭上に羊飼いの杖を掲げ、鈴を鳴らした。すると、眠っていた山羊や羊が目を覚まし、音のするほうへと注目する。

「シー・チュチ！」

ケナンが元気よく合図を出す。これは、地面に座り込んでいた山羊や羊に、移動を促すかけ声だ。

まず、セナが丘のほうへと走っていく。そのあと、ケナンが家畜囲いの出入り口を開いた。すると、山羊がどっと出てきたあと、羊が続く。

基本、山羊と羊は一緒に放牧させる。というのも、羊は群居性が強く先を歩くものに従う習性がある。山羊は活発なので、どんどん先に進む。のんびりゆったり歩く羊は、山羊を追って素早く歩いてくれるのだ。

家畜の群れは草原を横切り、一歩間違えばその先は崖という山すそを抜け、家畜が好む採食対象が広がる地へと到着した。

ここに自生する家畜の好物は、ボズ・ヤプラムという葉の縁が灰色がかったものと、もう一つはヤプラム。

山羊や羊はメエメエベエベエと鳴きながら、バリバリと葉を食べている。

その間、アユは周辺で染色に使えそうな草花を探した。次々と摘んでいき、種類ごとに革袋に詰めていく。

太陽が昇り始めたら家畜を連れて、いったん戻る。

帰ったら、牛と山羊の乳搾りをして、それから朝食の時間となるのだ。

久々に朝の放牧に出かけたので、アユのお腹は空腹を訴えていた。

ここ最近、美味しいものをたくさん食べたので、胃が大きくなっているのかもしれない。

お腹を摩《さす》りつつ、一本道の細い山すそを進んでいく。

石を蹴ったら、崖のほうへと転がっていった。眼下に広がる崖の斜面は一見して緩やかではあるものの、下った先は流れの速い川だ。もしも、滑落してしまったら大変なことになる。

慎重に、家畜を導かなければならない。そんなことを考えている折に、事件は起こった。

「あ〜〜っ!!」

突然、ケナンが大声を上げる。何事かと思って振り返るが、背後に続く羊がアユの背中を額でぐいぐい押す。稜線《りょうせん》伝いの一本道なので、立ち止まることさえ許されないのだ。

アユは月の鳴杖を地面に置き、道に突き出るように生えていた太い木の枝に向かって大きく跳んだ。両手で枝を掴んだあと、足を振り子のように思いっきり動かして腕の力と共に上がる。見事、木の枝へ着地することに成功した。

目を凝らし、ケナンのいる方向を見る。すると、崖に羊が落ちかけていたのだ。

ケナンは羊飼いの杖で羊の首を引っかけ、なんとか落ちないようにしている。

だが、羊を支えるには、ケナンの力だけでは足りない。このままでは、ケナンともども崖の下に落ちてしまう。

「ケナン――!! 今すぐ、手を放して!!」

アユの叫びに、ケナンは言葉を返す。

「ダメ! これは、リュザール様の、大事な財産、だから!!」

「ダメじゃない! 命のほうが、大事!!」

そう訴えても、ケナンは聞かない。顔を真っ赤にさせて、羊を助けようとしていた。

アユはすぐさま木から下りる。

「アユさん、どうしたの?」

先を行くセナも、異変に気づいたようだ。

「大丈夫、先に進んでいて!」

「え、うん。わかった」

ケナンが危ない目に遭っていると知ったら、セナを動揺させてしまう。この狭い道で、引きつれる者を失ったら、羊は混乱状態になるのだ。

アユは前進する羊の間を縫うように進んだ。

進行を妨害するアユに、羊達はベエベエと不満の声を上げる。

「ごめん、通して!」

羊の列の最後尾を抜け、やっとのことでケナンのもとへと駆け付けた。

ケナンは顔を真っ赤にさせていた。涙を流していて、顔はぐちゃぐちゃだ。

「ケナン！」

「ア、アユさん〜〜!!」

「手、離して！」

「ううう……」

「もう！」

ケナンは言うことを聞かない。きっと、羊を助けるまで手を離さないだろう。

仕方がないので、アユも一緒になって引っ張る。

「くっ——はっ!!」

アユは内心、月の鳴杖を置いてきてしまったことを悔いた。二か所から引っ張れば、もしかしたら引き上げることができたのかもしれない。

いち早く駆けつけることを優先してしまったのだ。

「ご、ごめんなさい……アユさん、ごめんなさい」

「ケナンのせいじゃない！」

稀《まれ》に、こうやって崖に足を滑らせて落ちる家畜はいる。羊飼いの杖で助けられる時もあるが、そうでない時もあった。その時は、運がなかったと諦めるしかない。

「ケナン、もう、無理。だから、手を離そう」

「で、でも」

「一緒に謝るから」

「ううっ……」

せーので離すように話をしていたのに、まさかの事態となる。

落ちかけていた羊が、突然動きだしたのだ。

「あ！」

「ひっ！」

羊飼いの杖を摑んでいたアユとケナンの体は、あっさりと傾いていく。

咄嗟《とっさ》に反応できず、握っていた羊飼いの杖ごと体が傾いてしまう。

「うっ！」

「ぎゃあああ！」

羊の体重で、アユとケナンは斜面に転げ落ちた。ケナンは混乱状態にあるのか、羊飼いの杖を放そうとしない。

「ケナン！　杖、放して!!」

「わあああああ!!」

不幸なことに、アユの声はケナンに届かない。

否、ケナンは死んでも杖を放さないだろう。失敗など絶対に許されない。それほどの責任感を持って、家畜の世話をしているのだ。

その考えの根底には、家族は兄のみで生活を支えてくれる両親がいないことがあるのかもしれない。仕事に関する意識の高さは立派だ。けれど、ケナンは大事なことを見落としている。

命がなければ、何もできないということを。

このままでは、流れの速い川に真っ逆さまだ。

かといって、アユにはケナンを見捨てることなんてできない。時は待ってはくれなかった。

アユとケナンそれから羊は、水中に沈む石のごとく、下へ下へと転がっていく。

――なんとかしなければ！

転がり落ちる斜め下に、突き出るように生える木が見えた。助かる術《すべ》は、あれしかない。

その先は五米突《メートル》ほどの高さの急斜面となり、すぐ下は川となっている。

アユは上体を起こし、軌道をずらしていく。

「ケナン、近くに木があるから、摑まって!!」

その叫びは、ケナンにも届いたようだ。

二人がかりで体重を傾けると、転がる向きは大きく変わっていく。

そして――。

「わっ！」

「うっ！」

最後に羊がベエエエ〜〜と鳴いた。なんとか、木の上に落ちることができたようだ。

幸い、羊も幹に引っかかっている。

ここでやっと、ケナンは羊飼いの杖から手を放す。

ゼエゼエと息が荒く、瞠目《どうもく》していた。おそらく、まだ我に返っていないのだろう。

アユは手を放さず、羊の首からそっと杖を外した。それを、ケナンに手渡す。

「ケナン！」

「……」

「ケナン、しっかりして！」

「え？」

アユが背中を優しく撫でると、ケナンの虚《うつ》ろだった瞳に光が宿る。

「ケナン、今すぐ、この斜面を上がって」

「へ⁉」

「助けを、呼びに行ってほしいの」

助かったばかりではあるものの、先ほどから木がミシミシと音を立てている。

あまり、太い木ではない。折れるのも、時間の問題だろう。

斜面は杖の支えがあればなんとか登れる。運動神経の良いケナンならば、あっという間に上まで辿り着くはずだ。それに、羊飼いの杖を高く掲げ、大きく左右に振ると遠くにいる者に危機を知らせることができる。重要な道具なのだ。

アユは、羊飼いの杖をケナンに託す。

「村に戻って、リュザールを呼んできて」

「お、俺が？」

「そう」

ケナンは斜面を恐る恐る見上げる。登れなくはないが、できれば登りたくないような斜面だ。

ケナンはゴクリと、生唾を呑《の》み込んでいた。

ミシミシと木が軋《きし》む音が、だんだん大きくなる。羊だって、いつまで大人しくしているかもわからない。

「ア、アユさんは、一緒に、登らないの？」

「二人揃っていなくなったら、羊が錯乱して落ちてしまうかもしれない。まずは先に、ケナンが行って」

ケナンも羊も、せっかく助けた命なのだ。どうにかして、救助したい。

「だから、お願い。助けられるのは、ケナンしかいないから」

「わ、わかった。行ってくる」

ケナンは慎重な足取りで、木から斜面に下りる。中腰で斜面に立って杖で支えながら、一歩、一歩と歩みを進めている。

ケナンは大丈夫だろう。羊を守るため、仕事はまっとうしてくれる。そんな安心感があった。

問題は羊である。

不安定な場所にいて、そわそわしていた。

アユはチッチと舌を鳴らす。これは、子羊が乳を飲む音に似ているのだ。この音を聞くと、不思議と羊は落ち着く。幼い頃、母親から乳を飲んでいたことを思いだすのか、はたまた周囲に子羊がいると勘違いするのか。

とにかく、動揺している羊にうってつけのものだった。

アユが続けてチッチと鳴らしていると、落ち着きを取り戻す。ばたばたと足を動かすのを止めてくれた。

「……いい子」

あとは、リュザールが来るまでこの状態が保《も》つことを願うばかりだ。

だが、アユの耳には、ギ、ギ、ギと、木の悲鳴が聞こえる。もう無理だと、叫んでいるようだった。

バクンバクンと、心臓が跳ねる。どうか保ってくださいと、願うばかりだ。

視線を上のほうへと戻すと、地上に戻ったケナンが走る後ろ姿が見えた。

ケナンは助かったことがわかり安堵したが――バキリ！　と、ひときわ大きく木が鳴った。

「!?」

アユの悲鳴は、ベエ～～！　と高く鳴く羊の声にかき消される。

ついに、木が折れてしまった。しかし、完全に真っ二つになったわけではなかった。

まだ、樹皮が繋がっている。運の良い羊は、太い枝間に引っかかっていた。まだ、落下していない。アユの体は崖下へと放り出されそうになったが、間一髪で右手のみ木の枝に掴まる。

額から頬へ、玉の汗が伝っていく。手のひらも、湿っていた。

せっかく落ち着かせた羊であったが、再度ジタバタと動き始める。

羊が動くたびに、樹皮がメリメリと剥がれていった。

「お願い、大人しくしていて――！」

手汗で枝を掴んでい続けることができず、アユの体はだんだんと斜面を滑っていく。

体重を支え切れず、枝を掴む手が一気に滑った。その瞬間、手のひらに鋭い痛みが走る。どうやら、手を切ってしまったようだ。

もう、限界だった。手を放したら、どれだけ楽になれるか。

しかし、アユが落下したら、すぐ下にいる羊も道連れにしてしまうだろう。

歯を食いしばっていたが、先に木に限界がきてしまった。

樹皮が剥がれ、アユの掴んでいた枝ごと滑り落ちる。

「ううっ……!!」

――やはり、ダメだったか。

瞼《まぶた》をぎゅっと閉じ、来《きた》るべき衝撃に備える。

もう少しで急斜面へ真っ逆さまになろうとしていたが、急に動きが止まった。

いったい何事なのか。そっと、瞼を開いてみる。

目の前に、伸びた縄があった。それは、太い木の枝に引っかかっている。

視線で伝っていけばその先に、馬上から縄を引くリュザールの姿があった。

「おい、アユ!!　大丈夫か!?」

リュザールが助けてくれた!

ケナンが頑張って、呼びに行ってくれたのだろう。

恐怖、焦り、喜び、さまざまな感情の昂《たか》ぶりが混ざり合い、雫《しずく》となって頬を伝っていく。

一粒の涙は、汗よりずっと熱かった。

リュザールは馬を後退させ、木ごと地上へと上げる。羊も落ちずに、ずるずると引っ張り上げられていた。

そしてついに、地上へと上がることができた。

アユは立ち上がろうとしたが、地面に倒れ込んでしまう。

「アユ!!」

駆け寄ったリュザールは、アユを抱き上げた。アユはその身に縋《すが》り、涙を溢れさせる。

「怖かった……！」

ケナンがいないからこそ、言えた言葉だ。リュザールはアユの背中を撫でてくれる。

「もう、大丈夫だ。何も、心配はいらない」

もうダメだと覚悟していたのに、アユは助かった。奇跡だと思った。

リュザールはアユを力強く抱きしめている。

もう大丈夫。何があっても助けるからと、耳元で囁いてくれた。

――この人だけは、信じてもいいんだ。頼っても、いいんだ。

アユはそれが夫婦なのだと、実感する。

今まで、誰もアユの味方ではなかった。失敗を押し付けられても、守ってくれる人はいなかった。ハルトスでは、先に言った者勝ちみたいなことが何度もあったのだ。

兄弟、姉妹の中でも序列があり、上手く立ち回った者がのし上がっていく。そんな社会だった。

だから、アユは出し抜かれないように、静かな闘志を心の中に燃やしていた。

誰かに期待なんかせず、隙を見せないよう努力し、目立たないようにしていた。

それは、ハルトスの中で確固たる地位を勝ち取るわけではなく、自分の自尊心を守るためだったのだ。誰かに認められたり、一目置かれたりすることは、欠片も望んでいない。

ただ、争いや諍《いさか》いに巻き込まれることなく、静かに暮らしたいだけだった。

家族でさえ警戒しなくてはならない中で育ったアユは、リュザールの言葉に安堵し涙した。誰かに頼れるということは、こんなにも嬉しいことなのだ。

「でも、どうして気づいたの？」

「起きたらいないし、放牧に行くとか言っていたけれど、朝からかよって。でも、そのあと――」

リュザールはアユの額にある精霊石に触れながら説明する。

「胸騒ぎがして遊牧地に向かっている途中に、この石がお前のことを教えてくれた」

ケナンが落ちかけた家畜を助けようとしている、アユが見ていた状況が頭の中に流れてきたようだ。

リュザールと共に生まれてきた精霊石は、体の一部でもある。

以前、アユにリュザールの記憶が流れてきたのと同様に、アユのことがリュザールに流れたのかもしれない。

「朝じゃないと、採れない草花があったのか？」

「違う。朝を逃したら、他に暇がないと思って。午前中は乳製品の加工があるし、午後からは織物の準備があるから」

リュザールは後頭部をガシガシと掻き、はあ～っと、長い溜息を吐く。

どうかしたのか。アユはわからずに、小首を傾げた。

「あのな、お前、働きすぎ」

「え？」

「部屋の中に乳製品がありすぎて、驚いた。昨日一日で、あんなに作っていたなんて」

「でも、作らないと無駄になるし」

「そういう時は、物々交換をするんだ」

そういえば、そんなことをアズラが話していたような気がした。作っている時は、すっかり失念していたのだ。

「普通の家の、三倍は作っていると思う」

「そう、なんだ」

今の調子で作ったら乳製品御殿が建ってしまうと言われ、アユは笑ってしまった。

「笑いごとじゃないからな。本当だぞ」

「うん、わかった」

しかし、リュザールがおかしなことを言うので、アユは腹を抱えて笑ってしまった。

「でも、無事でよかったよ」

「リュザールが、助けてくれたから」

「無茶をする」

「ごめんなさい」

無理をしたアユをリュザールは怒ると思っていた。

しかし、リュザールはアユの頬を、指の背でそっと撫でただけだった。

「あの、リュザール」

「なんだ?」

「私を、怒らないの?」

「怒るわけないだろう? 今回の件は、お前一人でどうにかできる問題でもないし。むしろ、よく耐えたと思っている。すごいじゃないか。ケナンと羊、両方助けるなんて」

胸の奥が熱くなる。見上げたリュザールと太陽光が重なり、目を細める。とても、眩《まぶ》しかった。

その刹那、アユは気づく。

――ああ、私はこの人のことが好きなんだ、と。


リュザールの手を借りて立ち上がったのと同時に、ケナンとセナが走ってやって来る。

どうやら一度、家畜を村の柵に戻し、やって来たらしい。

リュザールとアユを見つけるなり、泣きそうな顔になっていた。

「アユさ～～ん!!」

アユに向かって抱き着きそうになったケナンを、セナが腕を摑んで制する。

そのまま弟を座らせて、地面に額を押し付けた。

「ごめんなさい!!　弟が馬鹿だったから、こんなことに!!」

「あ～～……」

リュザールは溜息交じりの言葉と共に、兄弟の前にしゃがみ込む。

「一つ言っておくが、一番大事なのは、家畜じゃない。自分の命だ。それだけは、間違わないでくれ」

「でも、家畜は、財産だから。それを守るのが、自分達の仕事で……」

「それでも、大事なのは自分の命なんだよ。財産なんて、努力したらいつでも得ることができる。

でも、命を失ったら、それまでなんだ。もしも、今回の事故でケナンが死んでいたらどうする?」

リュザールはケナンの首根っこを摑み、顔を上げさせて問う。

「家畜の世話が、できなくなる」

「そうだ。お前の代わりはいない。今日、どうするべきだったか、わかるな？」

「家畜は、手放すべきだった」

「そうだ」

もちろん、家畜の命は大事である。それに、軽いも重いもない。ただ、見誤るなと、リュザールはケナンに釘《くぎ》を刺していた。

「俺は――お前らが一人前になるまで支援するつもりでいるんだ。まだ未熟で、立派な務めは果たしていないが」

「え？」

「支援、って？」

「きちんと独立できるように、将来家畜を渡して、それから、嫁さんも見つけて……って、何一つ達成していないから、大きな声では言えないが」

リュザールの言葉に、ケナンだけでなく頭を下げ続けていたセナもハッとなる。

「結婚って？　返礼品なんか、準備できないのに」

「すべての娘達が、持参品を用意できるほど裕福なわけじゃないからな。伴侶を探している人は、探せばわりといるんだよ」

「そうなんだ」

リュザールはここまで考えて、兄弟に接していたのだ。

「だから、自分の命は大事にしろ。これから、やってもらわなければならない仕事がたくさんあるんだから」

「うん！」

「わかった！」

セナとケナンの瞳に、光が戻ってくる。

もう、ケナンは間違わないだろう。リュザールの言葉には、そんな説得力があった。

◇◇◇

護衛の仕事に行った際、リュザールは妻アユについていろいろ聞かれた。商人の中には、ユルドゥスの民と関係を築きたがる者がいる。

調停者という立場は長年変わることなく強い精霊の加護のもとで暮らしており、草原の民の中でも、確固たる立場にあるのだ。

ユルドゥスの者は、金払いが良く、気質も穏やか。商売相手として申し分ない相手なのだ。

そんな相手に娘を嫁がせたら、安心できる。

ユルドゥスの男が何よりも妻を大事にすることは、有名な話であった。そのため、どんな女性が好みなのか、探りを入れているのだろう。

結婚式の日に、精霊石の交換を行う儀式にも興味があるようだ。詳しいことは話せないと言えば、アユの加護を聞きたがる。

別に後ろめたいことだと思っていないリュザールは、アユに精霊の加護がないことを告げた。

すると、商人達は驚く。

リュザールは花嫁に精霊石を捧げ、花嫁はリュザールに精霊石を捧げなかった。

ありえないことだと、口々に言われてしまった。

どうしてそんなことをしたのかと問われたが、そんなことなどリュザールにもわからない。

本能の赴くまま、アユに精霊石を捧げた。それは、外の者にとって、愚かな行為に見えたようだ。だが、リュザールの中に後悔はない。

草原の風は今までと変わることなく、リュザールの頬を撫でている。精霊は、精霊石などなくても常にリュザールの傍《そば》に在り、見守ってくれているのだ。

アユの額にある精霊石は、アユの危機をリュザールに教えてくれた。アユは果敢にも、ケナンを、家畜を、助けようとしていたのだ。随分と、勇気ある行動だったように思える。

だが、二度と同じ行為は繰り返して欲しくない。それは彼女自身が一番わかっているだろう。頬を土で汚し、不安そうに見上げていたアユが、リュザールと目が合った瞬間に安堵の表情を浮かべる。

その瞬間、リュザールはアユのことを、何があっても守らなければならないと思ったのだ。

この、温かく、切ないような気持ちはなんと表せばいいものか。

それはまだわからないけれど、彼女のことと同じくらい大事にしたいと思った。

アユは、折ってしまった木を持って帰りたいと言い出す。

「私達を守ってくれた物だから、大事にしたい」

木を素材として、何か作りたいと言うのだ。

「だったら、家屋の中心を支える柱にしよう。この太さなら、十分だろうし」

「いいの？」

「ああ。今ある柱は、劣化しかけているし、ちょうどいいだろう」

暇を見つけて加工すればいい。

ユルドゥスの男達は、家屋の骨組みは自分で作る。リュザールも、幼い頃から男衆の家屋作りに参加し、作り方を習っていたのだ。

折れた木は、そのまま馬で引きながら持って帰ることにする。

セナとケナンは乳搾りをするため、先に走って行った。

「よし、アユ、帰るぞ」

「ちょっと待って」

「どうした、どこか怪我《けが》をしているのか？」

「ううん、大きな怪我はしていない」

「じゃあ、何だよ」

アユは明後日のほうを向いていたが、そちらへリュザールが回り込むと観念したようだ。

「腰が抜けて、立ち上がれないの」

「なんだ。そんなことだったのか」

リュザールはすぐさまアユを抱き上げ、馬に乗せた。

「わっ！」

次に、自らも騎乗する。

「よく、摑まっておけよ」

「わ、わかった」

アユは驚くほど軽かった。花嫁のベールの下から伸びる手も、驚くほど細い。

これでよく、羊を助けようと思ったものだと感心してしまった。

母アズラほど筋骨隆々にならなくてもいいが、もっとたくさん食べさせて太らせなければいけない。確固たる使命感が、リュザールの中に生まれる。

集落の入り口には、アズラが腰に手をあてて待ち構えていた。

「なんだ、あれ」

「お義母さん」

「いや、わかるが」

怖い顔をして立っているので、威圧感があったのだ。まるで、誰も通さないように言われている門番のようにも見える。

リュザールは馬から下りて、アユを乗せたままの状態で手綱を引く。

「母上、どうしたんだ？」

「どうしたもこうしたも、我が息子リュザールが青い顔をして飛び出したと聞いたので、何事かと思っていたのです」

「ああ、ちょっと問題が起きて」

「具体的には？」

「アユとケナンもろとも、家畜と一緒に崖に落ちかけて……。でも、皆、無事だったから」

「そう、でしたか。大変でしたね」

「まあ」

詳しい話は聞かずに、アズラは道を通してくれた。

「我が息子リュザールの嫁アユ、大丈夫ですか？」

「平気。リュザールが、助けてくれたから」

「そうですか。よかったです」

アズラは、やはりアユはリュザールに嫁がせて正解だったと呟く。

「三兄《さんにい》だったら、それは大変だ。で、終わりそうだな」

「まったくですよ」

馬は家畜用の柵に放す。アユはまだフラフラとしていたので、リュザールが腕を貸す。

アズラとは家の前で別れる。

「我が息子以下略の嫁アユ。今日は、仕事は休みでいいです。私がやっておくので」

「え、でも」

「いいと言っているのです。従いなさい」

「アユ、怖いから言う通りにしておけ」

「わかった」

アズラはリュザールをキッと睨み、アユには背中を優しく撫でる。そして、早足で帰って行く。

リュザールとアユは、やっと腰を落ち着かせることができた。

「よし、朝食を食おう」

「うん」

アユは放牧に行く前に、朝食の準備をしていたようだ。

鶏肉と短いパスタのスープ《シュヒリイエリ・ダヴック・チョルパス》に、白いんげん豆のサラダに、トマトと甘辛唐辛子の炒り卵、それから昨日焼いたらしいパンも籠に載せられていた。どれも美味しそうだ。

やっと朝食にありつける。そう思っていたが、リュザールはアユの動作の違和感に気づいた。

手の動きが、いつもと違ってぎこちない。

「おい、どうした？　手に、何か怪我をしているのか？」

「え？」

「見せてみろ」

アユの手のひらを裏返す。

「なっ!?」

アユの左右の手のひらの皮は裂け、血が滲《にじ》んでいた。

「お前、怪我してないって言っていたのに、しているじゃないか」

アユは返す言葉がなかったのか、しょぼんとするばかりだ。

「綺麗に洗っているみたいだが、止血がなってないな」

リュザールが織物で作った袋から取り出したのは、遊牧民にはあまり馴染《なじ》みのない綿の布。それをナイフで裂き、包帯を作る。

まず、正方形に折った綿布を当て、その上から包帯を巻いた。

「切り傷は綺麗に洗って放置が一番いいんだけどな。今は、血が出ているし、痛いだろうから」

「ありがとう」

問い詰めると、アユにとってこの程度の傷は日常茶飯事だったようだ。

そのため、怪我がないか聞かれた時に言わなかったと。

「なんだよ、怪我が日常茶飯事って」

「家事を焦りながらした時とか」

「なんで焦りながら家事をしていたんだ？」

「とにかく、時間がなくて」

アユの言っていることが、リュザールには理解できない。

たった一日で、ヨーグルトやチーズといった乳製品を量産する腕前はかなりの仕事の速さだろう。そこから推測すると、最悪の事態が思い浮かんでしまう。

「お前さ、もしかして、他の兄弟に仕事を押し付けられていたんじゃないのか？」

「そういう日もあったけれど」

「そういう日って……。まさか、兄弟から仕事を押し付けられない日は、兄嫁や姉妹に押し付けられていたとか？」

「そういう日も、あったけれど」

「なんだよそれ！」

アユの家族はアユが断らないことをいいことに、楽をしていたようだ。

「お前な！　そういうのは、自分のためにも他人のためにもならないってことを、知らないのか？」

「……」

「自分を守れるのは、自分しかいないんだ！」

アユが焦るほど仕事を押し付けられていたという事実に、リュザールは腹を立てる。

拳を握りしめ、自らの腿《もも》を叩いた。

「ごめんなさい」

「なんで、お前が謝るんだよ」

「断る勇気がない私が、悪いから」

「いや、悪いのはお前じゃないだろう⁉」

怒鳴ってしまったあと、アユの傷ついた表情を見てハッとなる。

これも、崖に落ちかけた羊を助けようとしたケナンの過ちと同じことだった。

良くないことだということは、アユ自身が一番わかっている。だから、リュザールはすぐさま謝った。

「怒鳴ってすまない」

「ううん、大丈夫」

「今度、そういうことが起こったら――」

ユルドゥスでそういうことは起こるはずがないが、念のために言っておく。

「俺がぶっ飛ばす」

「え？」

「お前を焦らせたり、困らせたりする相手は、全部倒してやるから、安心しておけ」

「……」

「その沈黙は、頼んだと受け取っていいのか？」

「ち、違う」

いつもは淡々としているアユが、珍しく狼狽《うろた》えていた。

「暴力は、よくない」

「それはわかっているが、お前を酷い目に遭わせるヤツへの気遣いの心は持ち合わせちゃいないんだ。俺に暴力をふるわせたくなかったら、自分を守る言葉を覚えることだな。わかったな？」

「うん、わかった」

アユの返事に、リュザールは目を見張った。

「何？」

「いや、返事をするようになったと思って」

今まで、アユの返事といったら、じっと相手を見つめることだった。

「もう、私は羊飼いではないから、声を大事にする必要はない。それに、ユルドゥスの人達は、きちんと声に出して意思を伝えている。だから、思っていること、感じていることは、きちんと話したいと思った」

やっと、アユはハルトスの思想からユルドゥスのものへ切り替えができたようだ。

彼女はもう大丈夫だろう。そんな安心感があった。

「よし、食事にするぞ」

まずは、食前の言葉を言い合う。

「その料理があなたの健康にいいように《アーフィエット・オースン》」

「その料理があなたの健康にいいように《アーフィエット・オースン》」

いつもの挨拶が交わせることを、リュザールは幸せに思った。

遊牧少女を花嫁に

［番外編］

番外編　ハルトスのアユは、ただただ無情に毎日を過ごす

——山岳の遊牧民ハルトスの少女、アユの朝は早い。

日の出前に起き、まずは朝食の準備をしなければならなかった。隣で眠る妹をアユは揺すって起こそうとしたが、反応はない。反対側で眠る妹も同じく。末の妹達はまだ四歳なので、早朝に起こして手伝わせることは酷だ。

アユは溜息《ためいき》を一つ落とし、起き上がる。被《かぶ》っていた毛布は、くしゃみをした末の妹に被せてあげた。

寝室として使っている古びた移動式家屋《チャドル》は、十人以上の女達が眠っていた。

祖母に母、姉が四人に妹が四人、姪《めい》が二人。

火鉢はなく、中は冷え切っている。しかも、毛布は一人一枚だ。

一方で、男衆が眠る家屋の毛布は三枚重ねで、火鉢の火は絶えることなく燃え続ける。

ハルトスという一族は男社会で、男性が優遇されていた。女性は、朝や昼やと働いて、男性陣を支える。生まれた時からずっとそうだったので、アユは不思議に思わない。五つ年下の弟から、偉そうに命令されることもある。だが、男は誰であろうと従うようにと教えられて育ったので、言うことを聞いてしまうのだ。

それが、アユが育ったハルトスの『普通』だった。

アユは寝間着を脱ぎ、フェルトを重ねて作った服を着て、上から駱駝《らくだ》の毛皮で作った釣鐘状の

外套《がいとう》を肩にかけた。髪は左右三つ編みにして後頭部で纏《まと》め、上から大判の布を巻きつける。

準備が整ったら、意を決し外に出た。

外にはまだ、雪が残っていた。もう、初夏といっていいのに、山はまだ春すら訪れていない。

真冬の寒さよりは、だいぶマシだ。そう思いながら、アユはせっせと朝食の準備を始める。

真っ暗闇の中であったが、勘で外に作った石窯まで歩いた。

まずは、火熾《ひおこ》しから。火は男衆の寝ている場所に置いてあるが、取りに行くことなど許されていない。

自力で火を熾すしかないのだ。アユは二つの石と解した枯草を持ち、力いっぱい打ち付ける。鉄を含んだ石が摩擦によって火花が飛ぶのだ。

運が悪いと、一時間以上火が点《つ》かないことがある。慣れた今でも、十分以上かかる日もあった。

今日は運よく、三回石を打っただけで火花が生じた。火は枯草に引火し、煙が漂う。素早く息を吹きかけたあと、枯草の束に火を移し石窯の中へと落とした。

大鍋を載せて羊のあばら骨、臭み消しの薬草と野菜を入れると、その辺の汚れていない雪を入れて沸騰させる。

味付けは塩、コショウのみ。シンプルなスープだ。

スープと合わせるのは、小麦粉で作った乾燥麺である。別の鍋で煮込み、家族全員分の皿へ装《よそ》った。男衆は一杯では足りないので、追加で麺を煮る。

太陽の光が地平線へ差し込むような時間帯に、妹達が起きてくる。

「お姉ちゃん、これ、運ぶね」

「私は珈琲《カフヴェ》を運ぶわ」

妹達を見送ったあと、フォークを持たせなかったことに気づく。男衆の家屋に近づけば、スープの匂いで目を覚ましたらしい父親の声が聞こえた。

「マリ、ルウ、これは美味《おい》しそうなスープだな」

「そうでしょう?」

「上手《うま》くできたと思う!」

まるで、自分達が作ったかのように言っていた。いつもの話なので、アユは慣れっこである。

男社会のハルトスでは、如何《いか》にして男性に気に入られるかが重要なのだ。

妹達はいつも、アユの仕事を自分がしたかのように語る。

その結果、世渡りの上手い妹二人は他の姉妹よりも父親から気に入られていた。仕事をしていないように見えても、怒られることはない。

続いて、アユがフォークを持って行ったら、父親に叱られてしまった。

「まったく、スープが冷めてしまうではないか。気が利かない娘だ」

そう言って、奪うようにフォークを取られてしまった。アユは悪くないが、要領が悪いので冷遇されているのだ。

正直で、不器用だとも言える。ズルをしてまで、楽をしようという考えは彼女の中になかった。

家屋から出て行ったあと、父親は妹達に言った。

「美味《エ》しい料理《ル》を作ったその手《ニゼ》が、健《サ》やかであるように《ルオルック》」

それは料理を作る者への、最大の感謝を示す言葉であった。それを、作ったアユでなく妹達に父親は言う。

妹達はその言葉に、こう返すのだ。

「その料理があなたの健康にいいように《アーフィエット・オースン》」

食事を作った者から、食べる者への大切な言葉を、アユは父親や兄達と交わしたことはない。そんなことをしている時間があったら、抱えている仕事を一つでも片付けたいと思っていた。

その後、家畜の乳搾りに、乳製品作り、弟に午後の放牧を押し付けられ、義姉の織物《キリム》作りを手伝い、夕方になると食事の準備を行う。夜、女達に灯りを点けることは許されないので、暗くなったらそのまま眠る。

男衆の家屋からは光が漏れ、酒を囲んだどんちゃん騒ぎが聞こえた。それを聞いた妹の一人が、男に生まれたかったと呟《つぶや》く。

「だって、お腹《なか》いっぱいになるまでお肉が食べられるし、命令できるし、暖かい部屋で眠れるから」

男は一族の女を守る。だから、たくさん食事を取らなければならない。命令するのは、無駄をなくすためだ。暖かい部屋で眠れるのは、風邪を引かないため。

男達がいなくなったら、一族の暮らしはままならない。だから、男のほうが優遇される立場にあるのだ。

しかし、そうだろうかとアユは思う。

一族の女なしでは、男は暮らせない。逆も然《しか》りである。人と人は支え合って生きているのだ。関係性は平等で、どちらが偉いなどということはない気がしていた。

だが、その考えは異端だろう。夢のような話であることも自覚していた。

この先一生、口に出して説明することはしない。

妹へはなんと返していいのかわからなかったので、聞かなかった振りをする。

「アユお姉ちゃん、寝ているの?」

「ぽいね」

「もう。重要な話の時に聞いていないなんて」

「アユお姉ちゃんに期待をしたらダメだよ」

「そうだね」

こんな心ない言葉にも、傷つくことはない。日々の生活の中で、アユの心は何も感じなくなってしまったのだ。

◇◇◇

母親が子どもを産んだ。双子だった。

ただでさえギリギリだった一家の家計は、逼迫《ひっぱく》される。

金貸しである父方の叔父に相談したところ、思いがけない決定をアユは聞くことになった。

「アユ、喜べ。お前は、都の金持ちの家で働くことになった。のろまで仕事ができないお前を引き取ってくれるというのだ。ありがたく思え」

「……」

つまり、奴隷として売り払ったということだろう。さすがのアユも、これには堪《こた》えた。

家族が、アユを売ったのだ。

ただでさえ擦り切れていた心が、今この時をきっかけに死んでしまう。

その後のことは、あまり覚えていない。

叔父と馬に乗り、遊牧民の集落を点々としながら都を目指した。

最後に立ち寄った集落で、思いがけない事態に遭遇する。侵略者の一族に、襲われたのだ。

草原に火が放たれ、瞬く間に家屋は炎上する。

子どもの泣く声に、男達の断末魔の叫び、女達の悲鳴に、家畜の高い鳴き声など、重なった声が地獄への誘《いざな》いのようにアユには聞こえた。

ここで死ぬ運命なのだと悟ったが、アユの叔父は隙を見て逃げ出す。もちろん、商品であるアユを連れて行くことも忘れない。

逃げて、逃げて、逃げて、逃げた。その先に、侵略者の青年が立ちはだかる。

今度こそ終わりだと思った。

叔父はアユを連れて逃げることを諦め、一人で逃走した。

アユは覚悟を決めた。

だがしかし、青年は侵略者ではなかったのだ。

褐色の肌に吊《つ》り上がった目と、侵略者の一族の特徴を備え持った青年の名はリュザール。

古い言葉で、『風』という意味を持つ。

リュザールは名前の通り、風のようだった。

初対面であるアユの手を取り、生きる意味を授けてくれた。

何もかも諦めていたアユの、道しるべとなってくれたのだ。

アユは今、リュザールの傍《そば》で満たされた暮らしをしている。

人生とは何が起こるかわからない。奇跡のような出会いに、感謝していた。

◇◇◇

一方――ハルトスのアユの実家の人々は、大変な目に遭っていた。

「どうしてまだ、食事ができていないんだ!!」

怒鳴る父親に、娘達が答える。

「い、今まで、料理を作っていたのは、お姉ちゃんだったから」

「な、なんだと!?」

影響はこれだけではない。

「絨毯《じゅうたん》ができていないだと!?」

ハルトスの名物であり、収入の大半を占めていた絨毯が納期までに完成していなかった。

「だって、いつも、アユに手伝ってもらったの」

義理の姉達は、アユに命じて織物を作らせていたしっぺ返しを食らうこととなる。

なんとか完成させるも、買い取り金額はいつもの三分の一以下だった。

商人は「今年はハルトスの絨毯は不作だ」と言っている。収入は大幅に減った。

その後も、帳簿を付けていなかったり、高額買取される特別な白チーズの作り方を誰も知らなかったり、放牧途中に家畜を逃がしてしまったりと、数々の問題が浮上する。

アユがいなくなったことによって、生活が回らなくなってしまったのだ。

このような事態など、アユは知る由もない。

今まで精一杯頑張った彼女は、夫となったリュザールの庇護《ひご》のもとで幸せに暮らしていた。

あとがき

こんにちは。江本マシメサと申します。『遊牧少女を花嫁に』をお手に取っていただきまして、誠にありがとうございました。

この物語は、トルコの文化と遊牧民の暮らしを世界観に取り込んだファンタジーです。日本で暮らす私からしたら、トルコはファンタジーの中にあるような世界で……。精緻な模様の絨毯に、美しいモザイクランプ、タイルが張られた礼拝堂《モスク》など。どこを切り取っても、想像力をかきたてるような光景です。現地に足を運んだことはないのですが、きっと異世界トリップしたような気分に浸れることでしょう。

トルコ料理もおいしそうなものばかりで、楽しみながら書かせていただきました。

前回、PASH!ブックスさんから、ロシアの森で暮らす夫婦の物語『タイガの森の狩り暮らし』を出させていただきました。『タイガの森』は極寒の森に住む夫婦の物語でしたが、今度の舞台は草原です。前作同様、自然と共に暮らす人々の物語となっております。

少しでも、草原に吹く風を感じていただけたら嬉しいです。

最後に、書籍の刊行にあたって尽力くださったすべての方に感謝を。

そしてお手に取ってくださった読者様にも、深く感謝申し上げます。ありがとうございました。

二〇一八年十月吉日　江本マシメサ

●参考資料

『トルコの幸せな食卓』細川直子／洋泉社
『トルコ イスタンブール（ララチッタ）』ＪＴＢパブリッシング
『イスタンブール路地裏さんぽ』地球の歩き方編集室／ダイヤモンド社
『ギョレメ村でじゅうたんを織る（たくさんのふしぎ傑作集）』新藤悦子（著・写真）、西山晶（絵）／福音館書店
『トルコ料理大全　家庭料理、宮廷料理の調理技術から食材、食文化まで。本場のレシピ100』メフメット・ディキメン／誠文堂新光社
『食の人類史　ユーラシアの狩猟・採集、農耕、遊牧』佐藤洋一郎／中公新書
『遊牧の世界　トルコ系遊牧民ユルックの民族誌から』松原正毅／平凡社ライブラリー
『狩猟と遊牧の世界　自然社会の進化』梅棹忠夫／講談社学術文庫
『トルコ大使の食卓　駐日大使夫人の郷土料理レシピ』東京ニュース通信社

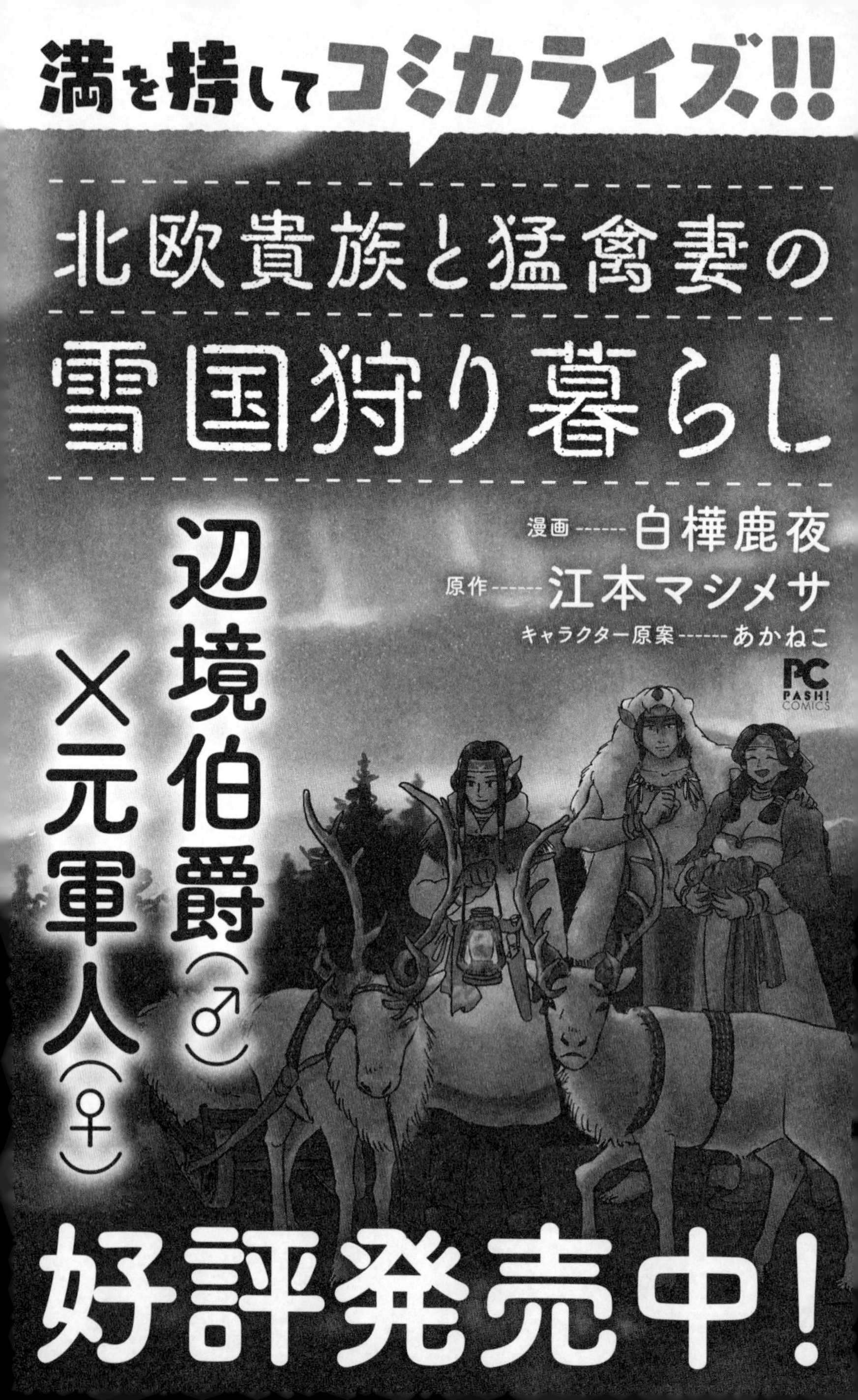
満を持してコミカライズ!!
北欧貴族と猛禽妻の
雪国狩り暮らし
漫画------白樺鹿夜
原作------江本マシメサ
キャラクター原案------あかねこ
PASH! COMICS
辺境伯爵(♂)
×元軍人(♀)
好評発売中!

PASH!ブックス
公式サイト
https://pashbooks.jp/
PB
PASH!ブックス

この本を読んでのご意見・ご感想・ファンレターをお待ちしております。
〈宛先〉　〒104-8357　東京都中央区京橋3-5-7
（株）主婦と生活社　PASH！編集部
「江本マシメサ」係
※本書は「小説家になろう」（http://syosetu.com）に掲載されていたものを、改稿のうえ書籍化したものです。

PB
PASH!ブックス

遊牧少女を花嫁に

2018年11月5日　1刷発行

著者　江本マシメサ
編集人　春名 衛
発行人　永田智之
発行所　株式会社主婦と生活社
〒104-8357　東京都中央区京橋3-5-7
03-3563-2180（編集）
03-3563-5121（販売）
03-3563-5125（生産）
ホームページ　http://www.shufu.co.jp
製版所　株式会社二葉企画
印刷所　太陽印刷工業株式会社
製本所　株式会社若林製本工場
イラスト　睦月ムンク
デザイン　浜崎正隆（浜デ）
編集　山口純平

ISBN978-4-391-15208-1